»Es ist dies eine große Legende, angelehnt an das Schicksal des siebenarmigen Leuchters, der von Jerusalem nach Babylon wanderte, von dort zurückkam, dann wieder von Titus nach Rom gebracht wurde, von Rom geraubt wurde durch die Vandalen nach Karthago; aus Karthago wieder von Belisar erobert und nach Byzanz gebracht, die merkwürdigste Wanderung über die Erde, die ein religiöses Kunstwerk vielleicht je erlitten und von mir deshalb als Symbol der ganzen jüdischen Wanderschaft gedeutet. Nach der Historie gab Justinian dann den Leuchter zurück nach Jerusalem, freilich an eine christliche Kirche, wo er dann verschwand. In meiner Legende verwandelt sich dies Verschwinden in ein Verborgenwerden mit der Möglichkeit einer Auferstehung.«
Stefan Zweig

Stefan Zweig wurde am 28. November 1881 in Wien geboren, lebte von 1919 bis 1934 in Salzburg, emigrierte von dort nach England und 1941 nach Brasilien. Sein episches Werk machte ihn ebenso berühmt wie seine historischen Miniaturen und die biographischen Arbeiten. Am 23. Februar 1942 schied er in Petrópolis, Brasilien, freiwillig aus dem Leben. Seine Erinnerungen »Die Welt von Gestern« erschienen posthum.

Unsere Adresse im Internet: www.fischerverlage.de

Der begrabene Leuchter

Eben hatte an einem hellen Junitage des Jahres 455 im Zirkus Maximus von Rom der Kampf zweier riesenhafter Heruler gegen eine Meute hyrkanischer Eber blutig geendet, als um die dritte Stunde des Nachmittags steigende Unruhe sich unter den Tausenden von Zuschauern zu verbreiten begann. Zuerst war es nur den nächsten Nachbarn aufgefallen, daß in der abgesonderten, mit Teppichen und Standbildern reich geschmückten Tribüne, wo inmitten seiner Hofbeamten der Kaiser Maximus saß, ein Bote eingetreten war, staubbedeckt und sichtlich eben abgesprungen nach hitzigem Ritt, und daß, kaum hatte er dem Kaiser seine Nachricht gemeldet, dieser gegen alle Sitte sich inmitten des aufgeregten Spieles erhob; ihm folgte mit gleich auffälliger Eile der gesamte Hof, und bald leerten sich auch die den Senatoren und andern Würdenträgern zugewiesenen Sitze. Ein dermaßen überstürzter Aufbruch konnte nicht ohne gewichtige Ursache sein. Vergebens, daß neuerdings scharfe Fanfaren einen abermaligen Tierkampf ankündigten und aus dem gehobenen Gitter mit dumpfem Gebrüll ein schwarzbemähnter numidischer Löwe den kurzen Messern der Gladiatoren entgegengejagt wurde – die dunkle Woge der Unruhe, von dem blassen Gischt fragender und ängstlich erregter Gesichter überschäumt, hatte sich schon unwiderstehlich erhoben und lief weiter von Reihe zu Reihe. Man sprang auf, man deutete hinüber zu den leeren Plätzen der Vornehmen, man fragte und lärmte und rief und pfiff; da verbreitete sich auf einmal, niemand wußte, wer es zuerst ausgesprochen, das wirre Gerücht, die Vandalen, diese gefürchteten Piraten des Mittelmeers, wären mit mächtiger Flotte in Portus gelandet und schon unterwegs gegen die unbekümmerte Stadt. Die Vandalen! Erst lief das Wort nur als blasses Geflüster von Mund zu Mund, dann plötzlich ward es ein grell aufspringender Schrei »Die Barbaren, die Barbaren!«, hundertstimmig, tausendstimmig das steinern gestufte Rund des Zirkus durchdröhnend, und schon jagte, wie von einem gewittrigen Windstoß aufgerissen, die ungeheure Menschenmasse in rasender Panik dem Ausgang zu. Alle Ordnung brach zusammen. Die Garden, die Wachsoldaten verließen ihre Plätze und flüchteten mit; man sprang über die Sitze, man hieb sich mit Fäusten und Schwertern einen Weg, man zertrat kreischende Frauen und Kinder, an den Ausgängen bildeten sich kreiselnde, kreischende Trichter zusammengequirlter Massen. Nach wenigen Minuten war der weite Zirkus, der eben noch achtzigtausend Menschen in einen dunklen tönenden Block zusammengepreßt, völlig ausgefegt. Marmorn und stumm und leer wie ein verlassener Steinbruch lag das gestufte Oval in der sommerlichen Sonne. Nur unten in der Arena stand – die Fechter waren längst den andern nachgeflüchtet –, die schwarze Mähne schüttelnd, der vergessene Löwe und brüllte herausfordernd in die plötzliche Leere.

Es waren die Vandalen. Bote auf Bote hetzte jetzt heran und jede Nachricht war schlimmer als die frühere. Mit Hunderten Seglern und Galeeren waren sie gelandet, ein behendes, bewegliches Volk; schon flitzten auf der Portuensischen Straße mit raschen, langhalsigen Hengsten die weißmäntligen berberischen und numidischen Reiter dem eigentlichen Heere voraus; morgen, übermorgen mußten die Räuberscharen schon vor den Toren stehen, und nichts war zur Abwehr bereit. Die Söldnerarmee kämpfte irgendwo weit bei Ravenna, die Befestigungsmauern lagen, seit Alarich die Stadt geschleift, in Trümmern. Niemand dachte an Verteidigung. Die Reichen und Vornehmen rüsteten hastig, um mit dem Leben zumindest auch einen Teil ihrer Habe zu retten, Maultiere und Karren. Aber schon war es zu spät. Denn das Volk wollte es nicht dulden, daß im Glück die Vornehmen es preßten und im Unglück feig verließen. Und als Maximus, der Kaiser, mit seinem Troß dem Palast entweichen wollte, sausten zuerst Flüche und dann Steine ihm entgegen; schließlich fiel der erbitterte Pöbel über den Feigen her und erschlug seinen kläglichen Kaiser mit Keulen und Äxten auf der Straße. Zwar sperrte man nachher, wie jeden Abend, die Tore; aber eben dadurch war die Angst in der Stadt völlig verschlossen; schwer drückend wie ein fauler sumpfiger Dunst lag das Vorgefühl eines Fürchterlichen über den verstummten, lichtlosen Häusern, und wie eine erstickende Decke bauschte das Dunkel sich nieder über die verlorene Stadt, die in Schauer und Schrecken verging; unbekümmert und leicht aber leuchteten oben die ewig gleichgültigen Sterne, und an die azurne Wand des Himmels hängte wie allnachts der Mond sein silbernes Horn. Schlaflos und mit bebenden Nerven lag Rom und wartete auf die Barbaren wie ein Verurteilter, das Haupt bereits über den Block gepreßt, auf den unabwendbaren und schon angeschwungenen Schlag.

Langsam, sicher, planhaft, sieghaft zogen unterdes die Vandalen auf der leeren Römerstraße vom Hafen heran. Wohlgeordnet marschierten die blonden, langhaarigen germanischen Krieger, Hundertschaft nach Hundertschaft, im gutgelernten militärischen Schritt, und unruhig voraus stiebten bügellos und mit flirrenden Wendungen ihre schönen Vollblutpferde tummelnd die Hilfsvölker der Wüste, die dunkelhäutigen und pechschwarzen Numidier. Mitten im Zuge ritt Genserich, der König der

Vandalen. Lässig zufrieden lächelte er vom Sattel herab auf seine marschierende Volksschar. Der alte erfahrene Krieger wußte längst durch Späher, daß ernstlicher Widerstand nicht zu befürchten war, daß sie diesmal nicht zu entscheidender Feldschlacht rüsteten, sondern nur zu ungefährlicher Bedeutung. In der Tat: kein feindlicher Krieger zeigte sich. Erst an der Porta Portuensis, wo die schön geebnete Hafenstraße das innere Geviert Roms erreicht, trat dem König Papst Leo entgegen, geschmückt mit allen Insignien und funkelnd umringt von der ganzen Klerisei, Papst Leo, derselbe weißbärtige Greis, der erst wenige Jahre zuvor den schrecklichen Attila so glorreich bewogen, Rom zu verschonen, und dessen Bitte sich damals der heidnische Hunne in unbegreiflicher Demut gefügt. Auch Genserich stieg sofort vom Pferde, als er des majestätischen Weißbarts ansichtig ward, und hinkte ihm (sein rechter Fuß war verkürzt) höflich entgegen. Aber weder küßte er die Hand mit dem Fischerring noch beugte er fromm das Knie, weil er als arianischer Ketzer den Papst bloß als Usurpator des wahren Christentums betrachtete, und die beschwörende lateinische Anrede des Papstes, er möge die heilige Stadt doch schonen, nahm er mit kühlem Hochmut entgegen. Nein, keine Sorge, ließ er durch seinen Dolmetsch antworten, man solle nichts Unmenschliches von ihm befürchten, er sei selber ein Kriegsmann und Christ. Er werde Rom nicht mit Feuer verbrennen und nicht zerstören, obwohl diese herrschsüchtige Stadt tausend und tausend Städte geschleift und dem Erdboden gleichgemacht. Er werde in seiner Großmut sowohl das Kirchengut als auch die Frauen verschonen und nur »sine ferro et igne« beuten nach dem Recht des Stärkeren und des Siegers. Aber nun rate er – und dies sagte Genserich drohend, während ihm sein Stallmeister schon wieder in den Bügel half –, ohne jeden weiteren Verzug ihm die Tore Roms zu öffnen.

Es geschah, wie Genserich es gefordert. Kein Speer wurde geschwungen, kein Schwert gezückt. Eine Stunde später gehörte ganz Rom den Vandalen. Aber nicht wie eine unbeherrschte Horde ergoß sich die siegreiche Piratenschar über die wehrlose Stadt. In geschlossenen Reihen, gezähmt von Genserichs eiserner, herrischer Hand, marschierten sie ein, die hohen und festen flachsblonden Krieger, durch die Via Triumphalis, und starrten nur manchmal neugierigen Blicks auf die tausend und tausend weißäugigen Statuen, die mit ihren stummen Lippen Beute zu versprechen schienen. Genserich selbst begab sich sofort nach dem Einmarsch in das Palatinum, die verlassene Wohnung des Kaisers. Aber weder nahm er die beabsichtigten Huldigungen der Senatoren entgegen, die in ängstlicher Reihe warteten, noch ließ er ein Festmahl rüsten; kaum einen Blick warf er auf die Geschenke, mit denen die reiche Bürgerschaft seine Strenge zu beschwichtigen hoffte, sondern sogleich entwarf der harte Soldat, über eine Karte gebeugt, seinen Plan zur schnellsten und zugleich gründlichsten Schatzung der Stadt. Jeder Distrikt wurde einer andern Hundertschaft unterstellt und jeder der Unterführer für die Mannszucht seiner Leute verantwortlich gemacht. Denn was nun anhob, war keine wilde und regellose Plünderung, sondern planvoll-methodischer Raub. Zunächst wurden auf Genserichs Befehl die Tore geschlossen und mit Posten besetzt, damit nicht eine Spange oder eine Münze in der riesigen Stadt ihm entkomme. Dann beschlagnahmten seine Soldaten die Kähne, die Fuhrwerke, die Tragtiere und preßten Tausende der Sklaven zum Dienst, auf daß mit möglichster Eile alles, was Rom an Schätzen berge, vollzählig in das afrikanische Raubnest übersiedelt werden könne. Nun erst begann, planhaft und mit kalter, lautloser Sachlichkeit, die Plünderung. Gemächlich und kunstfertig, wie ein Metzger ein getötetes Tier zerstükkelt, wurde in diesen dreizehn Tagen die lebendige Stadt ausgeweidet und Stück auf Stück aus ihrem nur leise zuckenden Leibe gerissen. Von Haus zu Haus, von Tempel zu Tempel gingen die einzelnen Trupps, geführt von einem der vandalischen Edelinge und begleitet von einem Schreiber, und holten, eines nach dem andern, alles heraus, was kostbar und beweglich war, die goldenen und silbernen Gefäße, die Spangen, die Münzen, die Juwelen, die Ambraketten aus Nordland, die Pelze aus Transsylvanien, den pontischen Malachit und die persischen gehämmerten Schwerter. Sie zwangen die Werkleute, sauber das Mosaik von den Wänden der Tempel abzulösen und die porphyrnen Fliesen wegzubrechen aus den Peristylen. Alles geschah vorbedacht, geübt und genau. Mit Winden, damit sie nicht beschädigt würden, holten die Werkleute die erzenen Gespanne von den Triumphbogen herab, und von den Sklaven ließen sie Ziegel für Ziegel, nachdem sie das Gebäude ausgeraubt, das vergoldete Tempeldach des Jupiter Capitolinus abdecken. Nur die erzenen Säulen, die zu übermächtig groß waren, um in der Eile verladen zu werden, hieß Genserich mit Hämmern zerschlagen oder zersägen, um das Metall zu gewinnen. Straße um Straße, Haus nach Haus wurde sorglich ausgeräumt, und sobald sie die Wohnungen der Lebenden restlos geleert hatten, erbrachen sie die Tumuli, die Stätten der Toten. Aus den steinernen Sarkophagen rissen sie die juwelenen Kämme vom erloschenen Haar verstorbener Fürstinnen und die goldenen Spangen vom fleischlosen Gebein, die metallenen Spiegel raubten sie und die Siegelringe den Leichen, und selbst den Obolus, den man den Toten mit in das Grab tat, daß sie den Fährmann bezahlen könnten ins andere Reich, stahlen ihre gierigen Hände. Die gesamte Beute all dieser einzelnen Plünderungen wurde dann in getrennten Haufen auf einem vorausbestimmten Platz zusammengetragen. Da lag die goldgeflügelte Nike neben der mit Steinen geschmückten Truhe, die Gebeine einer Heiligen enthielt, und dem Spielwürfel einer vornehmen Dame. Silberne Barren häuften sich neben Purpurgewändern, köstlicher Glasguß neben grobem Metall. Jedes Stück vermerkte mit steifen nordischen Lettern der Schreiber auf seinem langen Pergament, um dem Raub den Schein einer gewissen Rechtlichkeit zu geben; Genserich selbst mit seinem Gefolge hinkte durch das Gewühl, tastete mit dem Stock die Dinge an, prüfte die Juwelen, lächelte und lobte. Wohlgefällig sah er zu, wie Karren für Karren und Kahn für Kahn hochbeladen die Stadt verließ. Aber kein Haus brannte, kein Blut wurde vergossen. Ruhig und regelmäßig, wie in einem Bergwerk die Förderwagen auf- und niedersteigen, leer der eine, gefüllt der andere, wanderten dreizehn Tage lang die Karrenzüge vom Hafen zum Meer und vom Meer zum Hafen. Gefüllt wanderten sie hinab, leer kamen sie zurück, und schon keuchten die Ochsen und die Maultiere unter der Last, denn solange man rückdachte in der Zeit, war nie in dreizehn Tagen so viel erbeutet worden wie bei diesem vandalischen Raube.

Dreizehn Tage lang hörte man in der tausendhäuserigen Stadt nicht mehr die menschliche Stimme. Niemand redete laut. Niemand lachte. Es schwieg das Saitenspiel in den Häusern, und in den Kirchen erhob sich kein Gesang. Nur das Hämmern vernahm man, mit dem man das Beständige losbrach von seiner Stelle, das Poltern der stürzenden Quadern, das Knarren der überbelasteten Wagen und das dumpfe Muhen der ermüdeten Zugtiere, auf die immer und immer wieder die Geißel der Peiniger schlug. Manchmal heulten die Hunde, denen Nahrung zu geben man in der eigenen Angst vergessen, manchmal dröhnte dunkel ein Tubaton über die Wälle, wenn die Wachen sich ablösten. Die Menschen selber aber in den Häusern hielten den Atem an. Gefällt lag die Stadt, die Siegerin der Welt, und wenn nachts der Wind hinging durch die leeren Gassen, klang es wie das matte Stöhnen eines Verwundeten, der das letzte Blut seinen Adern entströmen fühlt.

An jenem dreizehnten Abend der Plünderung saßen am linken Ufer des Tibers, dort, wo der gelbe Fluß sich träge krümmt wie eine überfütterte Schlange, die Juden der römischen Gemeinde zusammen im Hause Mose Abthalions. Er war keiner der Großen unter den andern und kein Kenner der Schrift, nur ein alter harter Arbeitsmann, aber sie hatten sein Haus gewählt zur Zusammenkunft, weil die ebenerdige Werkstatt mehr Raum bot als die andern engen, verwinkelten Stuben. Seit dreizehn Tagen saßen sie so täglich alle beisammen mit grauen, übermüdeten Gesichtern, in ihren weißen Sterbegewändern, und beteten im Schatten der verschlossenen Läden zwischen den aufgehängten Rollen, den getünchten Tüchern und breiten Bottichen mit einer dumpfen und fast schon betäubten Beharrlichkeit. Bisher hatten sie noch nichts Böses erlitten von den Vandalen. Zwei- oder dreimal waren Trupps, begleitet von Edelingen und Schreibern, durch die niedere, enge Judengasse gezogen, wo die Nässe von vielen Überschwemmungen her wie Schwamm in den Fliesen der Häuser saß und in kalten Tränen von den versinterten Wänden niederrann; ein verächtlicher Blick genügte den geübten Räubern, um zu erkennen, daß von dieser Erbärmlichkeit nichts zu erbeuten war. Hier schimmerten keine marmorgetäfelten Peristyle, keine goldblitzenden Triklinien, hier bargen sich nicht erzene Statuen und Vasen. So zogen die Raubtruppen gleichgültig an ihnen vorbei und keine Brandschatzung, keine Plünderung drohte. Aber dennoch waren die Herzen der Juden Roms bedrückt, und sie drängten zusammen in beängstigtem Vorgefühl. Denn Unglück in der Stadt, in dem Land, wo sie wohnten – das wußten sie nun schon seit Geschlecht und Geschlecht –, wandte sich schließlich immer zum Unglück für sie. Im Glück vergaßen die Völker sie und achteten ihrer nicht. Da schmückten sich die Fürsten und bauten und trieben Prunk und der Pöbel hatte seine grobe Lust mit Hatzen und Jagden und Spielen. Aber immer, wenn Notstand kam, gab man ihnen die Schuld. Schlimm war es, wenn die Feinde siegten, schlimm, wenn eine Stadt geplündert wurde, schlimm wenn Pest oder Krankheit in die Länder kam. Alles Böse der Welt, sie wußten es, wurde unweigerlich zum Bösen für sie, und sie wußten auch längst, daß es gegen dies ihr Schicksal kein Auflehnen gab, denn überall und allerorts waren sie wenige, überall und allerorts waren sie schwach und ohne Gewalt. Ihre einzige Waffe war das Gebet.

So beteten die Juden Roms jeden Abend bis tief in die Nacht, all diese dunklen und gefährlichen Tage der Plünderung. Denn was konnte der Gerechte anderes tun in einer ungerechten und rohen Welt, wo immer wieder die Gewalt obsiegt, als weg von der Erde sich zu Gott hinwenden? Jahre und Jahre ging das schon. Bald kamen sie vom Süden, bald vom Osten und Westen, die blonden, die dunklen, die fremden Völker, und alle räuberisch, und kaum hatte eine Rotte gesiegt, so fiel schon eine andere über sie her. Überall auf der Erde kriegten die Gottlosen und ließen den Frommen nicht Frieden. So hatten sie Jeruscholajim genommen, Babylon und Alexandria, und heute erlitt es Rom. Wo man rasten wollte, war Unrast, wo man Frieden suchte, war Krieg; man konnte dem Schicksal nicht entkommen. Einzig im Gebet war auf dieser verstörten Erde Zuflucht, Ruhe und Trost. Denn wunderbar ist das Gebet. Es betäubt die Angst mit großer Verheißung, es schläfert die Schrecknis der Seele ein mit singender Litanei, es hebt die Schwere des Herzens zu Gott auf seiner murmelnden Schwinge; gut ist es darum, zu beten in der Not, und noch besser, gemeinsam zu beten, denn alles Schwere wird leichter, wenn gemeinsam getragen, und alles Gute besser vor Gott, wenn verbunden getan.

So saßen die Juden der römischen Gemeinde zusammen und beteten. Das fromme Murmeln floß aus ihren Bärten leise und stetig wie vor den Fenstern das Plätschern des Tiberstromes, der still und beharrlich die Planken der Spülbänke scheuerte und die Ufer mit seinem weichen Wandern wusch. Keiner der Männer blickte auf den andern und doch wiegten ihre alten morschen Schultern sich gleichmäßig im Takt, indes sie singend und sagend ebendieselben und selben Psalmen beteten, die sie hundert- und tausendmal gebetet und ihre Väter vor ihnen und deren Väter und Vorväter schon. Die Lippen wußten kaum, daß sie sprachen, die Sinne nicht, was sie fühlten; wie aus einem dunklen benommenen Traum floß dieses zagende und klagende Getön.

Plötzlich schraken sie auf, ein Ruck riß schroff die gebeugten Rücken empor. Außen war heftig der Klopfer an die Tür gefallen. Und immer, es saß ihnen schon im Blute, erschraken sie vor allem Plötzlichen, die Juden der Fremde. Denn was konnte Gutes kommen, wenn eine Tür ging in der Nacht? Das Murmeln riß ab, wie mit einer Schere zerschnitten, deutlicher jetzt vernahm man durch die Stille den gleichgültig weiterplätschernden Fluß. Alle horchten mit gekrampfter Kehle. Da fiel noch einmal der Klopfer, ungeduldig rüttelte eine Faust an der äußeren Tür. »Ich gehe schon«, sagte wie zu sich selber Abthalion und schlurfte hinaus. Das auf dem Tisch angeklebte Wachslicht bog seine Flamme flüchtend unter dem scharfen Luftzug der geöffneten Tür; wie innerlich die Herzen all dieser Menschen, zitterte die Flamme plötzlich und stark.

Der Atem kam den Erschreckten erst wieder, als sie den Eintretenden erkannten. Hyrkanos ben Hillel war es, der Schatzmeister der kaiserlichen Goldpräge, der Stolz der Gemeinde, weil ihm als einzigem Juden Zutritt verstattet war in den kaiserlichen Palast. Jenseits von Trastevere zu wohnen, war ihm als besondere Gunst vom Hofe erlaubt, und er durfte vornehme farbige Kleider tragen; jetzt aber war sein Mantel zerrissen, sein Antlitz beschmutzt.

Alle umringten ihn – denn sie ahnten, er hatte eine Botschaft – ungeduldig, daß er hastig erzähle, und doch voraus schon verstört, weil sie Unheil erfühlten an seiner Erregung.

Hyrkanos ben Hillel atmete tief. Man sah, ein Wort war in seiner Kehle verkrampft und wollte nicht vor. Schließlich stöhnte er:

»Es ist vorbei. Sie haben ihn. Sie haben ihn gefunden.«

»Was gefunden? Wen gefunden?« Es jappte aus allen wie ein Schrei.

»Den Leuchter, die Menorah. Ich hatte sie verborgen, als die Barbaren kamen, unter dem Abhub im Küchenraum. Mit Absicht ließ ich die andern Heiligtümer in der Schatzkammer, den Tisch mit den Schaubroten und die silbernen Trompeten und den Aronstab und die Weihrauch spendenden Gefäße, denn zu viele im Gesinde wußten von unseren Schätzen, als daß ich alles hätte bergen können. Nur eines wollte ich retten von den Geräten des Tempels, den Leuchter Mosis, den Leuchter aus Schelomos Haus: die Menorah. Und schon hatten sie alles im Schatze erbeutet, schon starrte die Kammer leer, schon forschten sie nicht weiter, schon fühlte ich das Herz mir gesichert, daß wir zumindest dies eine der heiligen Zeichen für uns errettet. Aber einer der Sklaven, es verdorre seine Seele, hatte gespäht, da ich den Leuchter barg, und verriet es den Räubern, um selber sich freizukaufen. Er wies ihnen die Stelle, sie gruben ihn aus. Jetzt ist alles geraubt, was einstens im Allerheiligsten stand, in Schelomos Haus, der Tisch und die Gefäße und die Stirntafeln des Priesters und die Menorah. Heute nacht, noch heute, schleppten die Vandalen den Leuchter fort zu den Schiffen.«

Einen Augenblick schwiegen alle. Dann brach es wirr aus den erblaßten Mündern, Schrei um Schrei.

»Der Leuchter . . . Wehe, noch einmal . . . Die Menorah . . . Gottes Leuchter . . . Wehe, wehe . . . Der Leuchter vom Tisch des Herrn . . . Die Menorah!«

Die Juden taumelten gegeneinander wie Trunkene, sie schlugen sich mit Fäusten die eigene Brust, sie hielten sich klagend die Hüften, als brenne sie ein Schmerz, wie plötzlich Geblendete tobten die alten bedächtigen Männer.

»Still!« gebot plötzlich stark eine Stimme, und alle verstummten sogleich. Denn es war der Oberste der Gemeinde, der Älteste, der Weiseste, der ihnen Schweigen gebot, der große Deuter der Schrift, Rabbi Elieser, den sie Kab ve Nake, den Reinen und Klaren, nannten. Achtzig Jahre fast war er alt und schlohweiß umrauschte der Bart sein Antlitz. Zerfurcht war seine Stirn von der schmerzhaften Pflugschar unerbittlichen Denkens, aber das Auge unter dem Busch der Brauen war wie ein Stern geblieben, gütig und klar. Er hob die Hand, schmal war sie und gelblich zerfurcht wie die vielen Pergamente, die er beschrieben, und waagerecht schnitt er mit ihr durch die Luft, als wollte er den Lärm wegstoßen wie einen schlimmen Rauch und reinen Raum schaffen für besonnene Reden.

»Still!« wiederholte er. »Kinder schreien im Schreck, Männer bedenken. Setzt euch jeder und laßt uns beraten. Der Geist ist besser rege, wenn der Leib dabei ruht.«

Beschämt setzten sich die Männer auf Schemel und

Bänke. Rabbi Elieser redete leise vor sich hin, und es war, als ratschlagte er mit sich selbst:

»Es ist ein Unglück geschehen, ein großes Unglück. Lange schon hatte man sie uns genommen, die heiligen Geräte, und keiner von uns hat jemals sie schauen dürfen in des Kaisers Kammer, nur dieser eine, Hyrkanos ben Hillel. Aber doch, wir wußten, sie waren seit Titus' Tagen geborgen, sie waren noch da und waren uns nah. Freundlicher schien uns die römische Fremde, wenn wir gedachten, die heiligen Dinge, die durch tausend Jahre gewandert, die in Jeruscholajim gewesen und Babel und immer wieder heimgekehrt, nun ruhten sie aus, die geraubten, mit uns in der gleichen Stadt. Wir durften keine Brote legen auf den heiligen Tisch, und doch, immer, wenn wir ein Brot brachen, dachten wir an diesen Tisch. Wir durften kein Licht stecken an den heiligen Leuchter, aber immer, wenn wir ein Licht entzündeten, besannen wir uns der Menorah, die ohne Licht waiste in dem fremden Haus. Nicht uns gehörten die heiligen Dinge mehr, aber wir wußten, sie waren gesichert und geborgen. Und nun soll sie noch einmal anheben, die Wanderung des Leuchters, und nicht in die Heimstatt, wie wir meinten, sondern fort schleppt man ihn, und wer kann es erdenken, wohin. Aber klagen wir nicht. Klage allein schafft nicht Rat. Laßt uns alles durchdenken.«

Die Männer lauschten stumm, die Stirnen gebeugt. Die Hand des Alten irrte noch immer den Bart auf und nieder. Noch immer wie mit sich selbst allein, ratschlagte er:

»Der Leuchter ist von geläutertem Gold, und oft habe ich gesonnen, warum hat Gott unsere Gabe so kostbar gewollt? Warum hat er gefordert von Moses, daß der Leuchter schwer sei im Gewicht, siebenkelchig und mit getriebenem Zierat und Kränzen und Blumen? Oft habe ich gedacht, ob dies nicht ihm Gefährdung schuf, denn immer kommt vom Reichtum das Böse, und eben das Kostbare lockt die Räuber heran. Aber wieder erkenne ich, wie eitel unser Denken ist und daß, was Gott gebietet, einen Sinn hat über unser Wissen und unseren Verstand. Denn nun verstehe ich: nur weil sie kostbar waren, haben diese unsere Heiligtümer sich bewahrt durch die Zeiten. Wären sie schlechtes Metall und schmuckloses Werk gewesen, so hätten die Räuber sie achtlos zerschlagen und Schwerter daraus geschmolzen oder Ketten. So aber bewahrten sie das Köstliche als köstlich auf, ohne ihr Heiliges zu ahnen. So nimmt sie ein Räuber dem andern und keiner wagt sie zu zerstören, und jede ihrer Wanderungen führt sie zu Gott zurück.

Nun laßt uns überdenken. Die Barbaren, was wissen sie vom Heiligen? Nur daß er von Gold ist, unser Leuchter, sehen sie. Könnte man ihre Habgier locken, gäben wir ihnen das Doppelte, das Dreifache seines goldenen Gewichts, vielleicht gelänge es, ihn zu erkaufen. Wir können nicht kämpfen, wir Juden, nur im Opfer ist unsere Kraft. Wir müssen Botschaft senden zu all den Zerstreuten in jeglichem Lande, daß sie helfen, gemeinsam das Heilige zu lösen. Das Doppelte und Dreifache müssen wir geben dieses Jahr der Tempelspende, das Kleid vom Leibe und den Ring vom Finger. Wir müssen das heilige Gerät abkaufen und sei es um das Siebenfache seines goldenen Gewichts.«

Ein Seufzer unterbrach ihn. Hyrkanos ben Hillel hob traurig den Blick.

»Es ist vergebens. Ich habe es schon versucht«, sagte er still. »Es war gleichfalls mein erster Gedanke. Ich ging zu ihren Schätzern und Schreibern, aber sie waren grob und hart. Ich drang zu Genserich vor und bot ihm hohe Löse. Mürrisch horchte er zu und scharrte mit dem Fuß. Da verließ mich der Verstand, ich drängte in ihn und rühmte, daß der Leuchter in Schelomos Tempel gewesen und Titus als das Herrlichste des Triumphs ihn heimlich gebracht von Jeruscholajim. Da erst begriff der Barbar, was er gewonnen, und lachte frech: ›Ich brauche nicht euer Gold. So vieles habe ich hier erbeutet, daß ich die Ställe pflastern kann meiner Pferde und Edelsteine ihnen in die Hufe hämmern. Ist aber dieser Leuchter wirklich Schelomos Leuchter, dann ist er mir nicht feil. Hat ihn Titus im Triumph zu Rom vor sich getragen, dann soll er vor mir getragen werden im Triumph über Rom. Hat er eurem Gott gedient, so soll er jetzt dem wahren Gotte dienen. Geh!‹ – und damit wies er mich fort!«

»Du hättest nicht gehen sollen!«

»Bin ich denn gegangen? Ich warf mich vor ihn hin, ich faßte seine Knie. Aber sein Herz war noch härter als die eisernen Schienen seiner Schuhe. Er stieß mich fort wie einen Stein. Und dann schlugen mich die Knechte hinaus, kaum daß ich das Leben behielt.«

Jetzt erst verstanden sie, warum Hyrkanos ben Hillels Kleider zerrissen waren. Jetzt erst merkten sie den geronnenen Blutstreif an seiner Schläfe. Schweigend saßen sie da und so still, daß man von fern das Knarren der Karren hörte, die noch immer und immer durch die Nacht zogen, und jetzt auch, sonderbar wiederholt von einem Ende zum anderen der Stadt, die dumpfen vandalischen Hörner. Dann erlosch jeder Laut. Alle dachten sie dasselbe: der große Raub ist zu Ende, verloren der Leuchter!

Rabbi Elieser hob mühsam den Blick. »Heute nacht, sagst du, führen sie ihn fort?«

»Heute nacht. In einem Karren bringen sie ihn die Portuensische Straße entlang zu den Schiffen, und vielleicht, indes wir reden, zieht er schon weg. Diese Hörner riefen die Nachhut zusammen. Morgen früh laden sie ihn auf das Schiff.«

Rabbi Elieser beugte den Kopf immer tiefer über den Tisch. Es war, als schliefe er im Hören ein. Wie ein Abwesender war er und fühlte nicht, daß die andern beunruhigt auf ihn blickten. Dann plötzlich hob er die Stirn empor und sagte ruhig:

»Heute nacht sagst du. Gut. Dann müssen wir mit.«

Alle staunten. Aber der alte Mann wiederholte gelassen und fest:

»Wir müssen mit. Es ist unsere Pflicht. Besinnt euch der Schrift und ihrer Gebote. Wenn die Lade wanderte, dann brachen wir auf; nur wenn sie ruhte, durften wir ruhen. Wenn Gottes Zeichen wandern, müssen wir wandern mit ihnen.«

»Aber wie mit über das Meer? Wir haben keine Schiffe.«

»Dann bis zum Meer. Es ist eine Nacht.«

Jetzt stand Hyrkanos auf: »Wie immer rät Rabbi Elieser das Rechte. Wir müssen mitgehen. Es ist Teil unseres ewigen Wegs. Wenn die Lade wandert und Leuchter, muß das Volk mitwandern, die ganze Gemeinde.«

Da klang aus der Ecke eine kleine, zaghafte Stimme. Simche, der Schreiner, ein arg verwachsener Mann, war es, der schreckhaft klagte:

»Aber wenn sie uns greifen? Hunderte haben sie schon geschleppt in die Knechtschaft. Sie werden uns schlagen, sie werden uns töten! Unsere Kinder werden sie verkaufen und nichts ist gewonnen und nichts ist getan.«

»Schweig!« fuhr einer dawider. »Und friß deine Angst. Wird einer von uns genommen, so ist er genommen. Stirbt einer, so ist er für das Heilige gestorben. Alle müssen wir, alle werden wir gehen.«

»Ja, alle, wir alle.« Wirr schrien sie durcheinander.

Jedoch Elieser, der Rabbi, machte ein Zeichen der Stille. Abermals schloß er die Augen, es war ihm Gewohnheit, wenn er nachdenken wollte. Dann entschied er:

»Simche hat recht. Nicht schmäht ihn einen Feigen und Schwachen. Er hat recht, nicht alle dürfen ihr Leben wagen und sinnlos hinaus zu den Räubern in die Nacht. Denn nichts ist heiliger als das Leben: Gott will nicht, daß auch nur ein einziges unnütz vertan sei. Er hat recht, Simche, sie würden die Jungen greifen und zu Sklaven machen in ihrer Stadt. Darum dürfen die rüstigen Männer und die Knaben nicht mit hinaus in die Nacht. Aber anders mit uns. Wir sind alt, und unnütz ist allen ein Greis und sich selber am meisten. Wir können nicht rudern in den Galeeren, wir, die kaum Kraft hätten, Erde zu schaufeln für unser eigenes Grab, und selbst der Tod, wenn er uns nimmt, gewinnt nicht mehr viel. Unser ist es, das Gerät zu begleiten. Nur die mögen also zusammentreten und sich zum Wege rüsten, die über siebzig sind.«

Aus dem Gedränge traten die Greise, alle silbernen Bartes. Zehn waren es, und als Rabbi Elieser, der Reine und Klare, zu ihnen sich reihte, waren es elf: an die Urväter des Volkes dachten die Jüngeren, wie sie da standen, die Letzten vergangener Zeit, ernst und feierlich. Noch einmal wendete der Rabbi sich ab von ihnen und trat zurück in den andern Kreis:

»Wir werden gehen, die Alten, die Greise: habt keine Sorge, ihr andern, um unser Geschick! Aber doch: auch ein Kind muß mit uns gehen, ein Knabe, daß er Zeuge sei für das nächste und abernächste Geschlecht. Wir sterben bald hin, unser Licht ist halb niedergebrannt und in Kürze verstummt unser Mund. Einer aber möge bleiben noch Jahre und Jahre, der lebendigen Blicks den Leuchter vom Tisch des Herrn gesehen, damit die Gewißheit fortlebe von Stamm zu Stamm und von Geschlecht zu Geschlecht, daß unser Heiligstes uns nicht für immer verloren ist, sondern weiter nur wandert auf seinem ewigen Weg. Ein Kind, ein unmündiges, und ob es auch den Sinn nicht begreift, muß mit uns gehen um der Zeugenschaft willen.«

Alle schwiegen. Jeder dachte voll Angst an sein eigen

Kind, es hinauszusenden in Nacht und Gefahr. Aber schon hatte Abthalion, der Färbermeister, sich erhoben.

»Ich gehe und hole Benjamin, mein Enkelkind. Sieben Jahre ist er erst alt, so viele Jahre als Arme sind an jenem Leuchter, und dies scheint mir ein Zeichen. Bereitet euch unterdessen zum Wege, nehmt an Zehrung, was ihr findet in meinem Hause; ich bringe das Kind.«

Die Greise setzten sich rund um den Tisch, die Jüngeren brachten ihnen Wein und Speise. Aber ehe sie das Brot brachen, hub der Rabbi das Gebet an, das zu allen Zeiten die Vorväter sprachen dreimal des Tages. Und dreimal wiederholten mit ihren dünnen, gebrochenen Stimmen die Greise den sehnsüchtigen Spruch: »Barmherziger, wolle in deiner Barmherzigkeit deine Herrlichkeit zurückführen nach Zion und den Dienst des Opfers nach Jeruscholajim.«

Nachdem sie dreimal das Gebet gesprochen, rüsteten die Greise zur Wanderung. Mit Ruhe und Bedacht, als ob sie eine heilige Handlung verrichteten, zogen sie die Sterbekittel ab, taten sie in ein Bündel und dazu den Mantel des Gebets und die Riemen. Die Jüngeren holten indes Brot und Früchte für den Weg und starke Wanderstöcke zur Stütze. Dann schrieb jeder der Greise noch auf Pergament, was geschehen solle mit seiner Habe, falls er nicht wiederkehre, die andern leisteten Zeugenschaft.

Inzwischen war Abthalion, der Färbermeister, die hölzerne Treppe emporgestiegen. Er hatte die Schuhe vorher abgetan, aber da er ein schwerer und feister Mann war, stöhnte unter seinen Tritten das morsche Holz. Vorsichtig drückte er die Türe in den Wohnraum auf, darin alle gehäuft schliefen (denn sie waren arm), seine Frau und seines Sohnes Frau und die Töchter und Kindeskinder. Durch den Spalt der verschlossenen Luken schimmerte unsicheres Mondlicht herein, feucht und blau wie ein Nebel, und so sorgsam Abthalion auch auf den Zehen schritt, merkte er doch, daß von ihren Betten her offene Augen erschrocken aufstarrten und wach seine Frau und seines Sohnes Frau auf ihn blickten.

»Was ist?« murmelte erschreckt eine Stimme.

Abthalion wartete nicht, sondern tastete weiter zur linken Ecke, wo er die Lagerstatt Benjamins, des Enkels, wußte. Zärtlich beugte er sich über die niedere Streu. Der Knabe schlief fest und tief, die Fäuste wie zornig über die Brust geballt: wild und leidenschaftlich mußte sein Traum sein. Abthalion strich ihm leise über das verwirrte Haar, um ihn zu wecken. Der Knabe erwachte nicht gleich, doch mußten die Sinne durch die schwarze Hülle des Schlafs etwas gespürt haben jener Liebkosung. Denn die Fäuste lockerten sich, die gespannten Lippen taten sich auf, unbewußt lächelte das Kind und dehnte wohlig und weich seine Arme. Abthalion fühlte einen wehen Schmerz, daß er dies arglose Kind wegführen mußte aus so lindem Geträume. Dennoch faßte er den Schlafenden und schüttelte ihn fester. Sofort fuhr das Kind auf und blickte gejagten Auges um sich, es war ein Kind, erst sieben Jahre alt, aber ein jüdisches Kind in der Fremde und gewohnt darum aufzuschrecken, wenn ein Unvermutetes kam. So erschrak sein Vater, wenn der Klopfer an die Türe schlug, so erschraken sie alle, die Alten und Weisen, wenn ein neu Edikt verlesen wurde auf der Gasse, so schauerten sie, wenn ein Kaiser starb und ein neuer kam, denn böse und gefährlich war alles Neue für die Judengasse des Trastevere, in der sein kleines Leben gelebt. Noch hatte er die Schrift nicht gelernt, jedoch dieses eine wußte er schon: Furcht zu haben vor allem und jedem auf Erden.

Wirren Blicks starrte der Knabe auf, und rasch fuhr Abthalion ihm an den Mund, daß er nicht schreie im Schreck. Aber kaum erkannte der Knabe den Großvater, beruhigte er sich. Abthalion beugte sich über ihn und flüsterte, ganz nahe die Lippen: »Nimm dein Kleid und deine Schuhe und komm! Aber leise, daß niemand dich hört.« Sofort stand der Knabe auf. Er spürte ein Geheimnis und war stolz, daß der Großvater ihn mit in dies Geheimnis nahm. Ohne mit einem Wort oder einem Blick zu fragen, tastete er nach Kleid und Schuh.

Sie schlichen schon gegen die Tür, da hob sich die Mutter aus den Kissen und schluchzte ängstlich: »Wohin führst du das Kind?«

»Schweig«, antwortete Abthalion schroff, »ihr Frauen habt nicht zu fragen.«

Er schloß die Tür. Die Frauen im Zimmer mußten jetzt alle wach geworden sein. Man hörte verworrenes Reden und Schluchzen hinter dem dünnen Holz, und als die elf Greise und dazwischen das Kind aus dem Tore traten, um ihren Weg zu beginnen, wußte, als sei die sonderliche Botschaft durch die Wände gesickert, schon die ganze Gasse von ihrem gefährlichen Gang: aus allen Häusern stöhnte Ängsten und Klagen. Aber die alten Männer sahen nicht auf und sahen sich nicht um. Still und ernst entschlossen begannen sie ihren Weg. Es war nahe an Mitternacht.

Zu ihrem Staunen stand das Stadttor unbewacht und offen: niemand fragte oder hinderte ihren nächtlichen Gang. Jener Hornruf, den sie vernommen, hatte die letzten vandalischen Wachen gesammelt, und die Römer wiederum, ängstlich in ihren Häusern verschlossen, wagten noch nicht zu glauben, daß die Prüfung zu Ende sei. So lag die Straße, die zum Hafen führte, vollkommen leer, kein Karren, kein Gefährt, kein Mensch, kein Schatten: nur weiß die Meilensteine im Licht des dunstigen Monds. Ohne Hinderung durchschritten die nächtlichen Pilger das offene Tor.

»Wir sind schon zu spät«, urteilte Hyrkanos ben Hillel. »Die Beutewagen müssen uns weit voraus sein, vielleicht waren sie unterwegs schon, ehe die Hörner bliesen. Es tut not, daß wir eilen.«

Alle beschleunigten ihren Schritt. In der ersten Reihe ging, den starken Stock in der Hand, Abthalion, zu seiner Rechten Rabbi Elieser, zwischen dem Siebzigjährigen und dem Achtzigjährigen trippelte mit seinen kleinen Schritten, schüchtern und noch ein wenig schlaftrunken, das siebenjährige Kind. Hinter ihnen wanderten, je drei zusammen, die andern Greise, das Bündel haltend in der Linken, den Stecken in der Rechten; gesenkten Hauptes gingen sie wie hinter einem unsichtbaren Sarg. Rings um sie dunstete drückend die campanische Nacht, kein erlösender Lufthauch hob den sumpfigen Brodem, der dick und schleimig über den Feldern schwebte und nach fauliger Erde schmeckte, und von dem erstickend nahen Himmel blinzelte ein kranker und grünlicher Mond. Ungut war es und gespenstig, in solch schwüliger Nacht in das Unsichere zu gehen, vorbei an den runden Grabhügeln, die wie tote Tiere reglos am Wege lagen, und vorbei an den beraubten Häusern, die mit ausgebrochenen Fensteraugen wie Blinde auf das Wunder der wandernden Greise starrten. Aber bislang zeigte sich keine Gefahr, leer schlummerte die Straße und weißlich wie im Nebel ein gefrorener Fluß. Von den Räubern war keine Spur mehr zu sehen, nur einmal, zur Linken, erinnerte ein brennendes römisches Sommerhaus an ihr plünderndes Vorüberziehen. Der First war schon eingesunken, doch von ihnen färbte rötlich schwelende Glut den schraubig aufsteigenden Rauch, und alle die Greise, die elf, da sie hinblickten, hatten einen und denselben Gedanken: es war ihnen, als hätten sie die Rauch- und Feuersäule gesehen, die mit der Stiftshütte gegangen, als die Väter und Urväter noch hinter der

Lade wanderten, wie sie jetzt wanderten hinter dem geliebten Gerät.

Zwischen den beiden Alten, seinem Großvater Abthalion und dem Rabbi Elieser, keuchte der Knabe und machte angestrengt seine Schritte weit, um nicht zurückzubleiben. Er schwieg, weil die andern schwiegen, aber unermeßliche Angst erfüllte seine Brust, und schmerzhaft schlug sein kleines Herz bei jedem Schritte heftig an die Rippen. Er hatte Angst, eine wirre und wortlose Angst, weil er nicht wußte, warum diese alten Männer ihn nachts aus dem Bette geholt, Angst, weil er nicht wußte, wohin sie ihn führten, und vor allem Angst, weil er noch niemals im Freien die Nacht gesehen und den großen Himmel über ihr. Nur von jener jüdischen Gasse her kannte er die Nacht; dort war sie klein und schmal, eine Handbreit Schwärze, kaum daß drei Sterne oder vier sich durch die engen Luken zwischen den Dächern preßten. Man mußte Furcht haben vor ihr, denn voll war sie mit vertrautem Getön. Bis in den Schlaf hörte man das Beten der Männer, das Husten der Kranken, das Scharren der Füße, das Schreien der Katzen, das Surren vom Herd, rechts schlief die Mutter, zur Linken die Schwester, man war gehütet, umhütet von Wärme und Atem, man war nicht allein. Hier aber drohte die Nacht als unermeßliche Leere; kleiner als je fühlte sich der Knabe unter dieser wölbig-schleiernden Kuppel. Wären die schützenden Männer nicht mit ihm gewesen, er hätte geweint oder versucht, sich wo zu verstecken vor diesem Riesigen, das von allen Seiten mit wuchtigem Schweigen gegen ihn andrang. Aber glücklicherweise war neben der Angst in seinem winzigen Herzen noch Raum für einen brennenden und pochenden Stolz, denn stolz war zugleich das Kind, daß die Alten – in deren Gegenwart selbst die Mutter nicht zu sprechen wagte und vor denen die Jüngeren bebten –, daß diese Großen und Weisen gerade ihn, den Kleinsten, gewählt unter allen den andern. Nicht wußte der Knabe, wozu und warum die Alten ihn mit sich genommen, aber so kindisch sein Sinn noch war, eine Ahnung durchdrang ihn, etwas Gewaltiges müsse sein in diesem Gange durch die Nacht. Mit aller Macht wollte er darum sich würdig zeigen ihrer Wahl, immer wieder dehnte er die dünnen, kurzen Beinchen zu großem Schritt, tapfer zwang er sein Herz nieder, wenn es zu hart an die Kehle pochte. Aber zu lange dauerte der Weg. Längst war das Kind schon müde und immer wieder überfiel es Angst, wenn im dunstigen Mondlicht ihre eigenen Schatten plötzlich sich verlängerten auf dem Wege und dann wieder schmolzen und man nichts hörte als immer nur den Schritt, den eigenen Schritt auf den flachgehämmerten und hallenden Steinen. Und als jetzt unvermutet mit leisem Pfiff ihm etwas um die Stirn fuhr, eine Fledermaus, schwarz und zackig wieder wegzuckend in die Nacht, da schrie der Knabe auf und krampfte sich an des Großvaters Hand: »Großvater, Großvater! Wohin gehen wir?«

Der alte Mann wandte nicht den Kopf. Nur hart und ärgerlich knurrte er: »Schweig und geh! Du hast nicht zu fragen.« Der Knabe bückte sich wie unter einem Schlag. Er schämte sich, daß er seine Angst nicht hatte verhalten können. Ich hätte nicht fragen sollen, kränkte er sich.

Aber Rabbi Elieser, der Reine und Klare, hob das Haupt streng zu Abthalion und über den weinenden Knaben hinweg:

»Törichter du, wie sollte das Kind nicht uns fragen? Wie sich nicht wundern, daß man vom Bette es aufreißt und hinführt in eine fremde Nacht? Und warum soll der Knabe nicht wissen die Ursache unseres Ausziehens und Wanderns? Hat er durch das Erbe seines Bluts nicht teil an unserem Schicksal? Wird er nicht länger noch unsere endlose Not tragen durch die Zeit denn wir selber? Unsere Augen werden längst erloschen sein, er aber wird dann noch leben, ein Zeuge anderem Geschlecht und der letzte, der zu Rom den Leuchter vom Tisch des Herrn gesehen. Warum willst du ihn unwissend haben, ihn, von dem wir wollen, daß ein Wissender er werde und der Bote dieser Nacht?«

Beschämt schwieg Abthalion. Rabbi Elieser aber beugte sich zart zu dem Knaben und strich ihm ermutigend über das Haar.

»Frage nur, Kind! Frage tapfer, soviel du begehrst, ich werde dir Antwort geben. Schlimmer ist es für den Menschen, nicht zu wissen, denn zu fragen. Nur wer viel gefragt hat, kann vieles verstehen. Nur aber wer vieles versteht, wird ein Gerechter.«

Dem Knaben bebte das Herz vor Stolz, daß der Weise, den alle die andern ehrfürchteten, so ernsthaft zu ihm sprach. Gerne hätte er dem Rabbi die Hände im Danke geküßt, aber zu groß war seine Scheu, leer und ohne Laut bebte ihm die heiße Lippe. Doch Rabbi Elieser, der ein Leben lang viele Bücher durchforschte, wußte auch im Dunkel des Schweigens die Schriftzeichen des Herzens zu lesen. Er fühlte, das der Knabe vor Ungeduld bebte, zu wissen, was mit ihm geschah und wohin sie gingen. Linde zog er des Kindes Hand näher an sich, wie ein Schmetterling leicht und zittrig ruhte sie in der kühlen des Greises.

»Ich will dir sagen, wohin wir gehen, und nichts sei dir verschwiegen. Denn kein Unrechtes ist, was wir tun, und wenn es auch ein heimlicher Weg ist vor den andern, den heute wir wandern, Gott sieht doch nieder auf ihn und kennt unsere Gedanken. Er weiß, was wir beginnen, doch nur er allein weiß, wie es endet.«

Indes Rabbi Elieser redete zu dem Kinde, hielt er nicht inne im Schreiten und ebensowenig die andern. Nur näher drängten sie jetzt an die beiden heran, um mitzulauschen, was der Weise erzählte dem Kinde, dem unbelehrten.

»Ein alter Weg ist es, den wir gehen, mein Kind, schon unsere Väter und Vorväter sind ihn gegangen. Denn ein Wandervolk sind wir gewesen unendlich viele Jahre lang und sind es wieder geworden, und vielleicht sogar, wer weiß es, ist es unser Geschick, daß wir es bleiben für ewige Zeit. Nicht wie die andern Völker haben wir Erde unter unserem Schlaf zu eigen, nicht wächst uns im eigenen Felde Samen und Frucht. Nur mit wandernden Füßen gehen wir über die Länder, und in fremde Scholle sind unsere Gräber getan. Aber zerstreut, wie wir sein mögen, und zwischen die Furchen geworfen wie Unkraut von Morgen bis Mitternacht dieser Erde, sind wir doch Volk geblieben, ein einziges und einsames unter den Völkern, durch unseren Gott und den Glauben an ihn. Ein Unsichtbares ist es, das uns bindet, ein Unsichtbares, das uns hält und zusammenhält, und dies Unsichtbare ist unser Gott. Ich weiß, schwer wird es sein für dich, Kind, dies zu fassen, denn nur das Sichtbare erfaßt sich leicht mit den Sinnen, nur das Fleischliche läßt sich nehmen und greifen wie Erde und Holz und Stein oder Erz. Und deshalb haben die andern Völker sich auch ihren Gott geschaffen aus Sichtlichkeiten, aus Hölzern und Steinen und getriebenem Erz. Wir aber, wir einen und einzigen, hängen am Unsichtbaren und suchen einen Sinn über unserem Sinn. Alle unsere Mühsal entstammt dem Drange, daß wir uns nicht an das Faßbare halten, sondern Sucher gewesen sind und ewig bleiben des Unsichtbaren. Aber stärker ist, wer sich dem Unsichtbaren bindet, als wer am Greifbaren hängt, denn vergänglich ist dieses, und jenes besteht. Und stärker ist der Geist auf die Dauer denn die Gewalt. Darum und nur darum, Kind, haben wir die Zeit überdauert, weil dem Zeitlosen verschworen, und nur weil wir Gott, dem Unsichtbaren, die Treue hielten, hat er uns sie gehalten. – Ich weiß, schwer wird es sein für dich, einen Knaben, dies zu fassen, denn wir selbst oft in unserer Not fassen es nicht, daß Gott und die Gerechtigkeit, an die wir glauben, nicht sichtbar werden in diesen unseren Welten. Aber auch, wenn du mich jetzt nicht verstehst, so verwirre dich nicht und höre weiter, mein Knabe.«

»Ich höre«, amtete scheu und verzückt das Kind.

»Mit diesem Glauben an das Unsichtbare gingen unsere Väter und Vorväter durch die Welt, und um sich selbst zu bezeugen, daß sie einzig glaubten an diesen unsichtbaren Gott, der sich nie enthüllt und den kein Bildnis je erfüllt, schufen unsere Ahnen sich ein Zeichen. Denn unser Sinn ist eng und kann das Unendliche nicht fassen: nur ein Schatten des Göttlichen fällt manchmal nieder in unser Leben und bloß ein kleines Licht davon in unseren irdischen Tag. Aber damit unser Herz niemals seiner Pflicht sich entfremde, dem Unsichtbaren zu dienen, der die Gerechtigkeit ist, die Dauer und die Gnade, schufen wir uns Geräte zum Dienst, die ständig Wachsamkeit forderten, einen Leuchter, genannt die Menorah, daran ewig die Kerzen brannten, einen Altar, darin immer erneut die Brote lagen zur Schau. Nicht Abbilder des göttlichen Wesens – behalte dies wohl –, wie die andern Völker sie frevlerisch schufen, waren diese Geräte, die wir heilige nennen, sondern nur Zeugnisse unserer ewig wachsamen Gläubigkeit, und wo wir wanderten durch die Welt, da wanderten sie mit. Eingetan in eine Lade, bargen wir sie in einem Zelte, und dieses Zelt trugen unsere Väter, heimatlos wie wir selber, auf ihren Schultern dahin. Wenn das Zelt rastete mit den Heiligtümern, durften wir ruhen, wenn es wanderte, wanderten wir mit. Im Ruhen und im Schreiten, bei Tag und bei Nacht, tausend und tausend Jahre waren wir jüdisches Volk immer um dies Heilige geschart, und solange wir diesen Sinn für das Heilige wahren, solange bleiben wir in aller Fremde ein Volk.

Nun aber höre. Die Heiligtümer jener Lade waren ein Altar, auf den wir die Brote legten, die nährende Frucht aus dem Schoße der Erde, und waren die Gefäße, woraus Weihrauch sich wölkte, um Gott zu erreichen, und waren die Tafeln der Gebote, in denen Gott sich uns versprochen. Aber das Sichtbarste all dieser Geräte war ein Leuchter, dessen Licht ewig den Altar im heiligsten Raume erhellte. Denn Gott liebt das Licht, das er entzündet, und unser Dank für das Licht, das er unseren Augen, unseren Sinnen gegeben, hat diesen Leuchter geschaffen. Aus geläutertem Golde war er kunstvoll getrieben, siebenschaftig stiegen vom breiten Stamm seine Kelche empor und Kränze mit Blumen waren ziervoll ihm eingebosselt. Wenn die sieben Kerzen auf den sieben Knäufen angezündet waren, entbrannte in sieben Blüten das Licht, und in seinem Anblick heiligten wir unser Herz. Jedesmal, da es sich entflammt am Sabbat, wird unsere Seele zum Tempel der Andacht. Kein einzig Ding auf Erden darum ist uns so teuer als Zeichen wie dieses Leuchters Gestalt, und überall, wo ein Jude noch an das Heilige glaubt, in jedem Hause unter den vier Winden der Erde, hebt im Abbild noch eine solche Menorah ihre sieben Arme auf zum Gebet.«

»Warum sieben?« fragte zaghaft der Knabe.

»Frage nur, frage, mein Kind! Aus Fragen wird Wissen. Eine sondere und hohe Zahl ist die Sieben unter den Zahlen, denn nach sieben Tagen hat Gott die Welt und den Menschen vollendet, und kein Wunder ist größer, als daß wir sind in dieser Welt und sie fühlen und lieben und ihren Schöpfer erkennen. Vermöge des Lichts hat Gott die Sinne gelehrt zu schauen und die Seele zu wissen: darum lobt mit seinen sieben Armen der Leuchter das Licht, das äußere und das innere. Denn auch ein inneres

Licht hat Gott uns verliehen durch die Schrift, und wie dort durch Schauen, so wissen wir hier durch Erkennen. Was die Flamme den Sinnen, das ist der Seele die Schrift, in der alles geschrieben steht, die Taten Gottes und die Taten der Väter, das Maß jedes Tuns, das Erlaubte und Versagte, der schaffende Geist und das gestaltende Gesetz. Zweimal erschauen wir durch Gottes Gnade die Welt dank dem Licht, einmal von außen durch die Sinne und zum andern durch den Geist, und selbst sein eigenes Wesen können wir erfassen dank seiner Erleuchtung. Verstehst du mich, Kind?«

»Nein«, hauchte der Knabe.

»Dann bewahre nur dies – das andere wirst du später verstehen – bewahre nur dies, was ich dir sage: das Heiligste, das wir hatten als Zeichen auf unserer Wanderschaft, und das einzige, das uns verblieben aus den Tagen unseres Anbeginns, waren die Schrift und der Leuchter, die Thora und die Menorah.«

»Die Thora und die Menorah«, wiederholte ehrfürchtig der Knabe, und er krampfte die Hände zusammen, um fester die Worte zu behalten.

»Nun höre weiter! Es kam eine Zeit – fern ist sie schon –, da wir müde wurden des Wanderns. Denn der Mensch begehrt der Erde, wie die Erde seiner begehrt. Und da wir kamen nach Jahren und Jahren der Fremde in das Land, das uns Moses verheißen, nahmen wir es rechtens zu eigen. Wir säeten und pflügten und zogen den Weinstock und zähmten die Tiere, wir schufen uns fruchtbare Felder und umzäunten und umhürdeten sie, beglückt, nicht ewig die Geduldeten und Verstoßenen der andern Völker und die ewigen Gäste der Fremde zu sein. Und schon meinten wir, zu Ende sei unsere Wanderung für alle Zeiten, schon wagten wir das verwegene Wort, unser sei diese Erde, als ob jemals Erde dem Menschen gehörte, dem alles nur leihweise gegeben. Aber immer vergißt er, daß Haben nicht Halten meint und Besitzen nicht Bewahren: wo er Erde fühlt unter den Füßen, da baut er sein Haus, und mit den Wurzeln der Bäume will er an die Scholle sich heften. So bauten auch wir zum erstenmal uns Häuser und Städte, und da jeder von uns Heimstatt hatte, wie sollte es da uns nicht dankbar gedrängt haben, daß wir auch Ihm, unserem Gott und Beschirmer, eine Heimstatt geben wollten in unserer Mitte, ein Haus, hoch und herrlich über allen Häusern, ein Gotteshaus. Und es erstand in jenen gesegneten Jahren des Rastens in unserem Lande ein König, der reich und weise war, Schelomo genannt . . .«

»Gelobt sei sein Name«, unterbrach leise Abthalion.

»Gelobt sei sein Name«, wiederholten die andern Greise im Schreiten.

». . . der baute ein Haus auf dem Berge Moria, wo einst Jakob, unser Ahne, schlummernd die Himmelsleiter im Traume gesehen und dann erwachend gesprochen: ›Ein heiliger Ort ist dies, und heilig wird er sein allen Völkern der Erde.‹ Dort baute Schelomo unser Gotteshaus, und herrlich war es gefertigt aus Stein und Zedernholz und getriebenen Erzen. Und wenn sie aufschauten, unsere Väter, zu seinen Mauern, so ward ihr Herz sicher, als wolle Gott ewig wohnen in unserer Mitte und unser Schicksal befrieden auf ewige Zeit. Wie wir heimatlich ruhten, so rastete im heiligen Raum das Zelt und in dem Zelt der lang getragene Schrein. Tag und Nacht hob die Menorah ihre sieben Flammen vor dem Altar, alles, was uns heilig war, ruhte geborgen im Heiligsten des Herrn, ob auch unsichtbar, wie er ewig war und ewig sein wird, so weilte Gott friedvoll im Land unserer Ahnen, im Tempel von Jeruscholajim.«

»Möge mein Auge ihn wieder erschauen«, murmelten die schreitenden Männer wie im Gebet.

»Aber höre weiter, mein Kind. Alles, was der Mensch

hat, ist ihm nur zur Borg gelassen, und seine Glückszeit läuft auf rollendem Rad. Nicht ewig, wie wir meinten, war unser Frieden, denn von Osten kam ein wildes Volk und brach in unsere Stadt, so wie die Räuber, die du gesehen, jetzt einbrachen in diese Stadt unserer Fremde. Was greifbar war, das griffen sie, was tragbar war, das trugen sie fort, was zerstörbar war, zerstörten sie: nur das Unsichtbare konnten sie uns nicht nehmen, Gottes Wort und Gegenwart. Aber die Menorah, den heiligen Leuchter, rissen sie von dem Tische und schleppten ihn fort, nicht weil er heilig war – denn dies erfaßten die Knechte des Bösen nicht –, sondern weil er Gold war, und immer lieben die Räuber das Gold. Und mit dem Volke selbst schleppten sie Leuchter und Altar und alle die Gefäße mit sich fort nach Babel . . .«

»Babel?« unterbrach schüchtern der Knabe.

»Frage nur, frage, mein Kind, und möge Gott dir immer Antwort gewähren. Babel hieß jene Stadt, groß und mächtig wie diese, in der wir jetzt wohnen, und so fern war sie von unserer Heimat, daß anders die Sterne dort ob unseren Häuptern standen. Und damit du errechnest, wie weit unsere heiligen Geräte damals wanderten, so zähle selber mit: denn siehe, drei Stunden sind wir nur gewandert, und schon ist Schmerz in unseren Gliedern und Müdigkeit. Babel war aber dreimal tausend Stunden weit und weiter. Nun vielleicht faßt du, wie weit sie damals den Leuchter geraubt. Aber dies auch merke dir: vor Gottes Willen gilt keine Ferne. Und als er sah, daß sein Wort uns heilig geblieben in der Verbannung – und vielleicht ist dies der Sinn unseres ewigen Gejagtseins über die Erde, daß das Heilige uns nur noch heiliger wird durch die Ferne und unser Herz immer demütiger am Übermaß der Not –, als Gott, sagte ich, sah, daß wir die Prüfung bestanden, da weckte er einem König jenes fremden Volkes das Herz. Der erkannte sein Unrecht und ließ unsere Väter heimkehren in das gelobte Land und gab ihnen den Leuchter des heiligen Hauses und die Geräte zurück. So kamen unsere Väter wieder von Chaldäa heim nach Jeruscholajim durch Wüsten, Berge und Dickicht. Von den Enden der Erde kehrten sie wieder mit dem lebendigen Leibe an die Stätte, wo wir immer waren und sein werden mit unseren Gedanken. Abermals bauten wir den Tempel auf dem Berge Moria, abermals leuchtete siebenflammig der heimgekehrte Leuchter vor Gottes Altar, und unsere Herzen leuchteten mit. Dies aber merke dir wohl, damit du begreifst den Sinn unseres heutigen Wanderns: kein Werk dieser Welt ist so heilig, so alt und so weit gewandert durch die Zeit und über die Erde wie dieser siebenarmige Leuchter, und von allem, was wir haben und hatten an Zeichen unserer Einheit und Reinheit, ist er das kostbarste Unterpfand. Und immer verdunkelt sich unser Schicksal, erlischt und verliert sich sein Licht.«

Rabbi Elieser unterbrach. Seine Stimme schien erschöpft. Heftig erhob der Knabe das Haupt, und sein Auge ward selbst wie eine kleine heiße Flamme begehrlicher Sorge, das Erzählen könnte schon zu Ende sein. Lächelnd bemerkte Rabbi Elieser des Kindes Ungeduld. Sanft strich er ihm über das Haar und sagte beruhigend:

»Wie deine Augen brennen von innen her, Kind! Aber fürchte dich nicht: nie ist unser Schicksal zu Ende, und erzähle ich dir auch Jahre und Jahre, du wüßtest kaum den tausendsten Teil des Wegs, der uns zu gehen bestimmt ist. Doch höre jetzt, da du gut hörst und gern hörst, wie es war und wie es kam in unserer Heimat! Abermals dachten wir, für ewige Zeit sei der Tempel gegründet. Doch neuerdings kamen Feinde über das Meer; aus diesem Lande, wo wir jetzt als Fremdlinge wohnen, kamen sie gezogen, und sie führte ein Kaiser, ein Krieger, Titus genannt . . .«

»Sein Name sei verflucht«, murmelten die Männer im Schreiten.

». . . und er zerbrach unsere Mauern, er zerstieß unseren Tempel. Mit frechem Fuß trat der Frevler ins Allerheiligste und riß den Leuchter von dem Altar. Was Schelomo herrlich geschaffen, Gott zum Lobe, das raubte seine Rache, und in Fesseln führte er unseren König mit sich und im Triumph die heiligen Geräte. Prahlerisch jubelte das törichte Volk, da er einzog im Siege, als hätten seine Krieger Gott besiegt und schleppten ihn mit sich in Ketten. Und so herrlich schien dem Verworfenen sein Frevel, so köstlich unsere Erniedrigung, daß er eitel eine große Pforte sich bauen ließ zum Gedächtnis und marmorn einmauern im künstlichen Gebilde seinen Raub an Gott.«

Das Kind hob die lauschende Stirne. »Ist es jener Bogen mit den vielen steinernen Menschen? Vor dem ganz großen Platz jenes wölbige Tor, von dem der Vater mich mahnte, ich dürfe es niemals durchschreiten?«

»Dasselbe, mein Kind. Geh immer daran vorbei und blicke diese Tür des Triumphes nicht an, denn sie erinnert an unseren schmerzlichsten Tag. Kein Jude darf diesen Bogen durchschreiten, der im Bilde zeigt, wie sie höhnten, was uns heilig war und immer sein wird. Gedenke jedesmal . . .«

Der alte Mann brach ab, mitten im Wort. Denn von rückwärts hatte Hyrkanos ben Hillel ihn jählings angesprungen und die Hand auf die Lippen gelegt. Alle erschraken unmäßig über seine Kühnheit. Aber schweigend deutete Hyrkanos ben Hillel jetzt nach vorn auf die Straße. Undeutlich unterschied man dort etwas im unsicheren Glast des vernebelten Monds. Ein Dunkles kroch langsam die weiße Straße entlang wie eine wandernde Raupe, und jetzt, da die Greise atemlos standen, hörte man von dort durch die Stille schwer belastete Wagen knarren. Über diesem dunklen Zug aber, der mühsam vorwärts kroch, blitzte etwas hell wie kleine Halme im Morgentau: es waren die Lanzen der numidischen Nachhut, welche die Beutekarren bewachte.

Aber schon mußten die scharfäugigen Wächter jenes Beutezuges die Nachkommenden erspäht haben, denn sofort wendeten sie die Pferde und schon jagte ein Trupp heran, eingelegt die Lanzen und mit schrillem Schrei. Aufrecht standen die numidischen Krieger in ihren Bügeln, und die Burnusse flatterten weiß, als wären die Rosse beschwingt. Unwillkürlich scharten sich die elf Greise zusammen und nahmen das Kind in die Mitte. In einem Stoß, grell schreiend und wild stoben die Reiter jetzt heran: knapp ein paar Zoll nur von den Erschrockenen rissen sie, um diese unbekannten Nachzügler von nah zu mustern, scharf ihre Pferde an, daß sie sich bäumten. Aber als sie im ungewissen Lichte des schon verdämmernden Mondes erkannten, daß dies keineswegs Krieger waren, die nachsetzten, um ihnen die Beute streitig zu machen, sondern nur Greise, die da friedlich hingingen durch die Nacht, weißbärtig und gebrestig, jeder ein kleines Bündel und einen Stecken in der Hand, so wie auch in ihrem Lande die Frommen zu pilgern pflegten von Ort zu Ort, da lachten sie zutraulich den alten Männern zu, und die Zähne blitzten weiß aus ihren wilden und dunklen Gesichtern. Dann pfiff einer von ihnen hell und schnell; neuerdings warfen sie die Pferde herum, flügelhaft und leicht wie eine Vogelschar zu ihrer Beute zurückstiebend, indes die Greise noch reglos standen von dem Blitz ihres Erschreckens und nicht deutlich zu begreifen wagten, daß sie geschont und gerettet waren.

Rabbi Elieser, der Reine und Klare, war der erste, der sich ermannte. Zärtlich klopfte er dem Knaben die Wange.

»Ein Tapferer bist du«, sagte er, zu ihm sich niederbeugend. »Ich habe deine Hand gehalten, und sie hat nicht gebebt. Soll ich dir nun weiter erzählen? Denn noch immer weißt du nicht, wohin wir gehen und weshalb wir wach sind in der Nacht.«

»Erzähle!« hauchte mit leiser Bitte der Knabe.

»Ich sagte dir, du entsinnst dich, daß Titus, der Verfluchte, unsere Heiligtümer nach Rom schleppte und sie in eitler Schaulust führte durch die ganze Stadt. Nach jenem Tage aber bargen die Kaiser Roms unsere Menorah mit den andern Heiligtümern Schelomos in einem Hause, das sie Tempel des Friedens benannten; törichtes Wort, als ob der Friede jemals Dauer hätte und Heimstatt auf unserer streitvollen Erde. Aber Gott duldete nicht, daß in fremden Tempeln bleiben sollte, was Schmuck seines eigenen zu Zion gewesen; so sandte er nächstens ein Feuer, und das Feuer verbrannte jenes Haus mit Dach und Bildern und Habe: nur unser Leuchter ward gerettet vor den fressenden Flammen, und sichtbar ward es abermals, daß nicht Feuer und Ferne und nicht der Menschen räuberische Hand über ihn vermögen. Ein warnend Zeichen war es von Gott, daß sie wiedergeben sollten das Heilige an seinen heiligen Ort und die Geräte an die Stätte, die sie ehrte nicht um des Goldes, sondern einzig um ihrer Heiligung willen. Aber wann verstehen die Toren ein Zeichen, wann beugt sich gefügig des Menschen stockiges Herz dem Verstand?«

Rabbi Elieser seufzte, dann sprach er weiter:

»So nahmen sie unser heilig Gerät und bargen es abermals in einem andern Hause des Kaisers, und weil es in verschlossener Kammer dort geduldend Jahre und Jahrzehnte lag, meinten sie abermals, nun sei es ihnen geborgen für alle Ewigkeit. Jedoch hinter einem Räuber hetzt immer der andere, was einer gewalttätig genommen, nimmt ihm abermals Gewalt. Wie Rom über Jeruscholajim, so ist Karthago über Rom hergefallen. Wie sie uns beraubten, so hat man sie nun beraubt, wie unser Heiligstes ihr Heiligstes geschändet. Aber auch unser Eigen, unsere Menorah, unser Gottesgerät haben jene Räuber genommen, und diese Karren dort im Dunkel, sie schleppen fort, was das Teuerste unseren Herzen ist. Morgen laden sie den Leuchter auf ein Schiff, ihn in die Fremde zu führen, unerreichbar unserem sehnenden Blick; nie wird uns Alten dieser Leuchter mehr leuchten! Und so wie man die Leiche eines geliebten Menschen zu Grabe geleitet, damit man seine Liebe bezeuge durch dies Gehen und Mitihmgehen auf seinem letzten Wege, so begleiten wir heute die Menorah auf ihrem Fortgang in die Fremde. Es ist das Heiligste, das wir verlieren: verstehst du nun die Trauer unseres schmerzlichen Gangs?«

Das Kind schritt gebeugten Hauptes und schwieg. Es schien nachzudenken.

»Dies aber behalte: als Zeugen haben wir dich mitgenommen, damit du einst, wenn wir selber zu Erde geworden, bezeugest, daß wir die Treue gehalten dem Heiligen und daß du lehrest die andern, sie weiter zu halten. Daß du sie glauben hilfst unsern Glauben, immer werde er wiederkehren, der Leuchter, von seinem Wandern im Dunkel, und einstens mit sieben Flammen wieder glorreich erhellen den Altar des Herrn. Wir haben dich aufgeweckt, daß dein Herz wach werde und du einst diese Nacht den Späteren kündest. Besinne dich und künde den andern zur Tröstung, daß du noch eigenen Auges den Leuchter gesehen, der durch tausend Jahre gewandert, unversehrt wie unser Volk in der Fremde, und von dem ich felsenfest glaube, daß er nicht untergeht, solange wir nicht untergehen.«

Das Kind schwieg noch immer. Und Rabbi Elieser, der Reine und Klare, spürte einen Widerstand in des Knaben starrem Schweigen. So beugte er sich nieder und fragte: »Hast du mich verstanden?«

Des Knaben Nacken blieb hart. »Nein«, sagte er bokkig. »Ich verstehe es nicht. Denn wenn . . . wenn er uns so teuer ist und so heilig, der Leuchter . . . warum lassen wir ihn uns nehmen?«

Der alte Mann seufzte. »Richtig fragst du, mein Kind. Warum lassen wir ihn uns nehmen? Warum wehren wir uns nicht? Aber später erst wirst du begreifen, daß auf dieser Welt das Recht zu den Starken hält und nicht zu den Gerechten. Immer erzwingt Gewalt ihren Willen auf Erden, und Frommsein hat keine irdische Macht. Nur Unrecht zu dulden haben wir von Gott gelernt und nicht unser Recht mit der Faust zu erzwingen.«

Rabbi Elieser sagte gebeugten Hauptes diese Worte im Weiterschreiten. Aber plötzlich löste heftig der Knabe die Hand aus der seinen und blieb stehen. Gerade und fast herrisch fragte das glühende Kind den alten Mann:

»Aber Gott? Warum duldet er diesen Raub? Warum hilft er uns nicht? Du hast doch gesagt, daß er der Gerechte sei und der Allmächtige? Warum hält er zu den Räubern und nicht zu den Gerechten?«

Alle erschraken. Alle blieben stehen und das Herz stand ihnen gleichzeitig stille im Leibe. Wie eine scharfe Fanfare war die unbändige Frage des Kindes ins Leere der Nacht gefahren, als erklärte dieser eine kleine Knabe Gott den Krieg. Und zornig – denn er schämte sich seines Blutes – herrschte Abthalion seinen Enkel an:

»Schweig und lästere nicht!«

Aber Rabbi Elieser zerschlug ihm das Wort:

»Du schweigst zuerst! Was murrst du gegen das unschuldige Kind? Denn nichts hat sein ahnungsloses Herz anderes gefragt, als was wir täglich und stündlich uns fragen, du und ich und wir alle und die Weisen und Weisesten unseres Volkes von Anfang und Anfang an. Nichts hat dies Kind gefragt als unsere alte jüdische Frage: warum faßt Gott gerade uns so hart unter den

Völkern, gerade uns, die wir ihm dienten wie keines? Warum wirft er gerade uns unter die Sohlen der andern, daß sie uns treten, uns, die ihn als die ersten erkannt und gepriesen in der Unfaßbarkeit seines Wesens? Warum zerstört er, was wir bauen, zerschlägt er, was wir erhoffen, warum nimmt er uns die Bleibe, wo immer wir rasten, warum stachelt er Volk um Volk gegen uns zu ewig erneuertem Haß? Warum prüft er uns, und immer nur uns, so hart, die er zuerst sich erlesen und als die ersten eingetan in sein Geheimnis? Nein, ich werde nicht lügen vor einem Kinde, denn wenn seine Frage Lästerung ist, dann bin ich ein Lästerer selbst an jedem Tage meines Lebens. Sehet, ich bekenne es vor euch allen: auch ich, sosehr ich mich wehre, auch ich rechte mit Gott ohne Ende, auch ich frage, achtzig Jahre alt, noch immer die Frage dieses arglosen Kindes Tag für Tag: warum stößt gerade uns Gott so tief in die Not? Warum duldet er unsere Entrechtung und hilft noch den Räubern im Raub? Und schlage ich mir auch tausendmal dann die Faust gegen die Brust in Beschämung, ich kann ihn doch nicht erdrücken und ersticken, diesen fragenden Schrei. Kein Jude wäre ich und kein Mensch, quälte mich nicht täglich diese Frage, und nur im Tod wird sie verstummen auf meiner Lippe.«

Die andern Greise erschauerten. Nie hatten sie Kab ve Nake, den Reinen und Klaren, den immer Gerechten, in solchem Aufruhr gesehen: aus einem Innersten, das er sonst allen verschloß, mußte diese Anklage gefahren sein, und fremd schien es ihnen allen, wie er dastand, bebend an allen Gliedern im Übermaß des Schmerzes und schamvoll den Blick weggewendet von dem Kinde, das verwundert das fragende Auge gegen ihn erhob. Doch schon hatte sich Rabbi Elieser wieder gesammelt, und abermals sich beugend zu dem Knaben beschwichtigte er ihn:

»Verzeih, daß ich zu jenen sprach und zu einem Andern über uns allen, statt dir Antwort zu geben. Du hast mich gefragt, mein Kind, aus der Einfalt deines Herzens: warum duldet Gott diesen Frevel an uns und an ihm? Und ich antworte dir aus der Einfalt meines Geistes, so redlich ich vermag, ich antworte dir: – ich weiß es nicht. Denn wir kennen nicht Gottes Pläne und ahnen nicht seine Gedanken. Aber immer, wenn ich selbst mit ihm rechte in der Torheit meines Schmerzes und im Übermaß unseres gemeinsamen Leidens, dann versuche ich mich zu trösten, indem ich mir sage: vielleicht ist ein Sinn in dem Leiden, das er uns zumißt, und vielleicht büßen wir jeder eine Schuld. Wer kann sagen, wer sie begangen? Vielleicht war es Schelomo, der Weise, unweise, da er den Tempel baute zu Jeruscholajim, als wäre Gott ein Mensch und begehrte Bleibe zu haben an einer einzigen Stätte und unter einem einzigen Volke. Vielleicht war es Sünde, daß er so prunkvoll das Haus ihm errichtet, als wäre Gold mehr als Frommheit, und Marmel mehr als innerer Bestand. Vielleicht war es gegen Gottes willen, daß wir jüdisches Volk sein wollten wie die andern und Heimat haben und Haus, daß wir sagten, unser Land sei dies, und sagten: unser Tempel und unser Gott, wie man sagt: meine Hand und mein Haar. Vielleicht hat er deshalb den Tempel zerschlagen und von der Heimat uns losgerissen, daß wir unseren Sinn nicht an Sichtbares hängten, sondern nur innerlicher Art ihm treu blieben, dem Unerreichbaren und Unsichtbaren. Vielleicht ist unser wahrer Weg dies, daß wir immer am Wege sind, wehmütig zurückblickend und sehnsüchtig voraus, immer nach Ruhe begehrend und immer doch ruhelos; denn immer ist nur dies ein heiliger Weg, dessen Ziel man nicht kennt und den man beharrlich doch schreitet, so wie wir hier ins Dunkle und Gefährliche schreiten diese Nacht und nicht kennen ihren Ausgang.«

Der Knabe lauschte. Aber Rabbi Elieser war zu Ende:

»Nun aber frage nicht mehr. Denn dein Fragen ist weiter als mein Wissen. Warte und gedulde dich: vielleicht antwortet dir Gott einmal aus deinem eigenen Herzen.«

Der alte Mann schwieg, und es schwiegen die andern. Still standen sie alle am Wege, und schweigend umhüllte sie die Nacht, und allen war, als stünden sie allein im Dunkel der Welt, jenseits der Zeit.

Plötzlich schauerte einer auf und hob die Hand. Ein Ängsten war über ihn gefahren, und er mahnte die andern, zu lauschen. Und wirklich, etwas lief durch die Stille und kam rauschend heran. Erst war es bloß, als ob irgendwer flüchtig eine Harfe rührte, ein dunkler, schwellender Ton, aber schon schwang es stärker heran, wie Wind oder Meer aus dem Finstern, und mit einemmal brach in die Schwüle ein mächtiger Stoß gewittrigen Sturms, kurz und plötzlich, daß die erschreckten Bäume am Wege aufgriffen mit ihren Armen, als wollten sie sich halten im Leeren, und die Büsche wirr flüsterten und Staub von der Straße fuhr. Es war, als schwankten mit einemmal die Sterne, und die Greise, erregt, wie sie waren vom Gespräch über ihr Schicksal und Gottes Nähe gewärtig, bebten, ob nicht plötzlich ihnen Antwort werden sollte, denn geschrieben stand in der Schrift von Gott, daß er nahe im Sturmwind und seine Stimme zu sprechen anhebe in sanftem Säuseln. Jeder senkte die Stirne zur Erde, jeder horchte gleichzeitig nach oben, und unbewußt faßten sie einer des andern Hand, um gemeinsam wider das Wunderbare sich zu halten, und einer spürte des andern Puls wie einen kleinen heftigen Hammer in seiner Faust.

Aber nichts geschah. Plötzlich, wie er gekommen, setzte der Sturmwind aus, und mählich erlosch das Flüstern im Grase. Nichts geschah. Keine Stimme sprach, kein Ton erlöste die erschrockene Stille. Und als sie einer nach dem andern die verängstigten Augen wieder erhoben von der Erde, gewahrten sie, daß im Osten über dem Dunkel ein erster Schimmer begann, opalen und zart. Da erkannten sie, daß dies nur der Wind gewesen, der immer anhebt, ehe der Tag beginnt; nur das tägliche Wunder war geschehen, daß es Morgen ward wie nach jeder irdischen Nacht. Stärker erhellte, indes sie noch unruhig standen, sich die rötliche Ferne, und schon rang in blassem Umriß das Land sich aus den Schleiern. Nun wußten sie: die Nacht war zu Ende, die Nacht ihrer Wanderung.

»Es morgent«, murmelte leise und enttäuscht Abthalion, »sprechen wir das Gebet!«

Die elf Greise traten zusammen. Abseits stehen blieb das Kind, als Unmündiges noch nicht kund des Gebets, und blickte erregten Herzens zu. Die Alten holten aus ihren Bündeln die Gebetsmäntel und legten sie um Schultern und Häupter. Die Riemen banden sie um die Stirn und die Hand, die linke, die nahe dem Herzen liegt. Dann wandten sie sich gegen Osten, wo sie Jeruscholajim wußten, und sprachen den Dank an Gott, der die Welt geschaffen, und rühmten ihn mit den achtzehn Segenssprüchen seiner Vollendung. Leise sangen und murmelten sie, den Körper vor- und rückwärts schwingend im Rhythmus der Rede. Der Knabe konnte die Worte nicht alle verstehen, aber die Inbrunst sah er, mit der die elf Greise sich wiegten in dem bewegten Gesange wie vordem die Sträucher in Gottes Wind. Nach dem feierlich erhobenen ›Amen!‹ beugten sie sich alle, dann falteten sie die Gebetsmäntel wieder ein und rüsteten neuerdings zum Wege. Älter schienen sie nun, die Alten, im mählich erwachenden Licht, schärfer zeichneten sich die Furchen ihrer Stirn und dunkler die Schatten um Augen und Mund: als ob sie kämen von ihrem eigenen Tode, müde und mühsam schleppten sie sich weiter mit dem Kinde, den letzten, den schmerzlichsten Rest ihres Wegs.

Hell und heiß brannte der italische Morgen, als die elf Greise mit dem Kinde zu dem Hafen von Portus gelangten, wo der Tiber seine gelbe Flut matt und lustlos ins Meer ebben läßt. Sehr wenige Schiffe der Vandalen warteten noch an der Reede, eines nach dem andern stieß schon ab, den Mast sieghaft bewimpelt und den breiten Bauch mit Beute beschwert; schließlich lag bloß ein einziges mehr vor Anker am Ufer und fraß gierig aus den überfüllten Karren das Letzte des römischen Raubes. Ein Wagen hinter dem andern rollte zur Leerung gehorsam heran, und jedesmal trugen über eine bretterne Lauftreppe die Sklaven auf ihren braunen Schultern oder hochgestemmt auf dem Haupt die schweren Lasten zu dem Schiffe empor, Kisten und Truhen mit Gold und runde Amphoren mit Wein. Aber sosehr sie sich auch sputen mochten, dem ungeduldigen Herrn des Schiffes war ihr Dienst nicht schleunig genug, und so trieben mit Peitschen die Aufseher der Vandalen die Sklaven zu immer rascherem Gang. Nun hielt der letzte Karren vor dem Schiff; es war jener, dem die elf Greise mit dem Kinde nachgewandert waren die lange Nacht und der den Leuchter des Tempels enthielt. Noch war seine Last mit Stroh und Tüchern überdeckt, aber brennenden Blicks starrten die Greise auf den gehäuften Karren hin und bebten vor der Enthüllung. Jetzt war der Augenblick der Entscheidung, jetzt oder nie mußte das Wunder geschehen.

Der Knabe aber blickte nicht hin mit ihnen. Wie verzaubert starrte er auf das Meer, das er erstmalens erschaute. Da war es, blauer unendlicher Spiegel, strahlend gewölbt, bis zu dem scharfen Strich, wo die Flut den Himmel berührte, und noch weiter schien ihm dieser riesige Raum als die Kuppel der Nacht, da er zum erstenmal das volle Rund der Sterne im ausgewölbten Himmel gesehn. Gebannt beobachtete er, wie die Wellen mitsammen spielten, wie sie einander jagten und stießen, wie eine über den Rücken der andern sprang und dann in einem leisen, glucksenden Lachen des Übermuts schäumend entflüchtete, um neu und neu sich zu formen, und er ahnte eine Heiterkeit in diesem seligen Spiel, wie er sie nie zu träumen gewagt im rostigen Schatten seiner engen Abseits- und Armengasse. Gewaltsam spannte sich seine magere Kinderbrust und sehnte sich, weit zu werden, stark und groß, um Luft und Welt in sich zu trinken und den Atem dieser Freudigkeit einzufühlen bis tief in sein jüdisch verschüchtertes Blut. Unwiderstehlich lüstete es das entzückte Kind, vorzutreten bis hart an das Nasse heran und die Arme zu dehnen, die kleinen, um zumindest einen ahnenden Atemzug dieser Unendlichkeit an den eigenen Leib zu drängen, und aufgehoben von innen her, fühlte er sich im Anschaun dieses Schönen und Hellen wie noch niemals beglückt; ach, wie unbefangen war hier alles, wie frei und ohne Angst! Als weiße Geschosse fuhren die Möwen herab und wieder auf, weich und seidig blähten die schönen Schiffe ihre Segel im Wind. Und plötzlich, als der Knabe geschlossenen Auges das kleine Haupt zurücklehnte, um tiefer die salzig kühle Luft in sich einzutrinken, fiel es ihm ein, das erste Wort das er gelernt: Im Anfang schuf Gott den Himmel und die Erde. Und zum erstenmal ward ihm der Name Gottes, den gestern die Väter, die Greise gesprochen, erfüllt von Sinn und Gestalt.

Ein Schrei schreckte ihn auf. Die elf Greise, sie hatten jetzt alle geschrien wie aus einem Mund, und sofort flüchtete er zu ihnen hin. Eben hatte man die Tücher abgerissen von dem letzten Karren, und als die berberischen Sklaven sich bückten, um eine silberne Statue der

Hera – mehrere Zentner war sie schwer – hervorzuschleppen, da stieß mit dem Fuß einer von ihnen den Leuchter beiseite, der ihm im Wege lag, und hart schlug und überschlug sich die Menorah und rollte vom Wagen herab auf die Erde. Ein Aufschrei des Schreckens, ein einziger, zerriß den alten Männern die Brust, da sie sahen, wie das Wahrzeichen, das heilige, das Moses erschaut, das Aaron gesegnet, das am Tische des Herrn gestanden in Schelomos Haus, nun kläglich sielte im Kot der Gespanne, mit Schmutz und Staub geschändet. Die Negersklaven staunten neugierig empor bei dem jähen Schrei. Sie verstanden nicht, warum diese törichten Weißbärte so grell aufschrien und sich an den Armen faßten, einer den andern, eine zuckende Kette von Schmerz: man hatte ihnen doch nichts Böses getan. Aber schon klatschte die Peitsche des Aufsehers auf ihr nacktes Fleisch, und knechtlich gruben sie abermals ihre Arme in das Stroh des Karrens, nun eine Stele hervorholend, nackt in Prophyr schimmernd, und dann abermals eine mächtige Statue, die sie, ein Seil am Halse und eines an den Füßen, wie etwas Geschlachtetes die Lauftreppe zu Bord hinaufschleppten. Rasch und rascher leerte sich jetzt die Tiefe des Wagens. Nur der Leuchter, der ewige, lag noch achtlos zu Füßen des Karrens, halb verdeckt von dem Rad. Und die Greise, die einander hielten, bebten in der einhelligen Hoffnung: vielleicht, daß die Räuber in ihrer Hast den Leuchter vergessen würden! Vielleicht, daß sie ihn übersahen! Vielleicht, daß jetzt noch im letzten Augenblicke das Wunder der Rettung geschah!

Aber da bemerkte einer der Sklaven den Leuchter, bückte sich, nahm ihn und türmte ihn auf die Schultern. Blank glühte der hochgehobene in der Sonne, er flammte und flimmerte, und es war, als erhelle er noch heller den Tag: zum erstenmal in ihrem Leben sahen die Greise das verlorene Heiligtum ihres Volkes, und wehe, in ebendemselben Blick, da sie das geliebteste Wahrzeichen erschauten, ging es schon wieder dahin in die Fremde! Mit beiden Händen, der rechten und der linken, stemmte der breitschultrige Neger die goldene Menorah hoch, um die schwere, überschwere Last im Gleichgewicht zu halten, während er dem schwanken Brett der Lauftreppe zueilte: fünf Schritte, vier Schritte noch, und für immer war das Heiligtum entschwunden! Wie nachgezogen von geheimer Kraft, drängten die elf Greise, einer den andern haltend, bis zur Lauftreppe nach, halbblind den Blick von Tränen, und mit wirren Worten floß ihnen vom Mund der Speichel. Wie Trunkene taumelten sie vorwärts, lechzenden Mundes, lechzenden Blicks, um wenigstens noch im frommen Kusse das heilige Zeichen zu berühren. Nur einer, Rabbi Elieser, blieb klar, selbst inmitten seines Schmerzes. Unbändig – und der Griff tat dem Kinde so weh, daß es beinahe aufschrie – preßte er die Hand des Knaben.

»Sieh hin, sieh hin! Du wirst der letzte sein, der unser Heiliges gesehen! Du wirst der Zeuge sein, wie sie es nahmen, wie sie es raubten!«

Das Kind begriff nicht die Worte. Aber es fühlte den Schmerz der andern bis tief hinein ins Blut und empfand, daß hier ein Unrecht geschah. Ein Zorn, ein kindischer Zorn fuhr brennend durch und durch seinen Leib. Ohne zu wissen, was es tat, riß das Kind, das siebenjährige, sich los und sprang dem Neger nach, der eben die Lauftreppe betrat, mühsam schwankend unter dem schweren Gewicht. Nein, er sollte den Leuchter nicht nehmen, dieser fremde Mensch! Sinnlos warf sich das Kind gegen den mächtigen Mann, ihm den Raub zu entreißen.

Der Sklave, schwer beladen, schwankte unter dem plötzlichen, unerwarteten Stoß. Es war nur ein Kind, das an seinen Arm sich hängte, aber, mühsam sich selber im

Gleichgewicht haltend auf dem schwingenden schmalen Brett, trat der Sklave taumelnd ins Leere unter dem jähen Anfall von rückwärts her und stürzte hin, das Kind mit sich reißend. Dabei entrollte ihm der Leuchter. Wuchtig donnerte er nieder mit seinem ganzen Gewicht auf den rechten Arm des mitgerissenen Kindes. Einen ungeheuren Schmerz spürte der Knabe, als sei Fleisch und Bein ihm zerstampft und zermalmt, gellend heulte er auf. Aber dieser Schrei ging unter im jähen Aufschwall der andern. Denn alle schrien jetzt zugleich: die Greise vor Entsetzen über den Frevel, daß die heilige Menorah abermals in den Kot hinrollte; von den Schiffen wiederum lärmten zornig die Vandalen. Schleunig sprang der Aufseher zu und trieb mit der Peitsche die schreienden Greise zurück. Inzwischen war der Sklave schon erbittert aufgestanden, weg stieß er mit dem Fuß das stöhnende Kind, abermals schulterte er den Leuchter und trug ihn nun rasch wie ein Fliehender die Lauftreppe hinauf, auf das Schiff.

Die elf Greise achteten nicht des Kindes. Keiner merkte sein stöhnend gekrümmtes Liegen, denn sie blickten nicht nieder zur Erde. Nur auf den Leuchter blickten sie, der jetzt auf den Schultern des Sklaven die Lauftreppe emporstieg, die sieben Kelche wie ein Opfer zu Gott gehoben, schauernd sahen sie zu, wie an Bord gleichgültig fremde Hände ihn faßten und hinwarfen zur andern Beute. Da aber schrillte schon ein Pfiff, die Kette klirrte den Anker herauf, und unten im unsichtbaren Raum, wo die Galeerensträflinge gekettet waren an ihre Bänke, holten vierzig Ruder aus zu geschlossenem Schlag vor und zurück. Mit einem Ruck sprang das Schiff an. Weiß lief Schaum über den Kiel, rauschend glitt es dahin, schon hob und senkte sich sein brauner Leib auf den Wellen, als ob es atmete und lebte, und mit geblähten Segeln steuerte die Galeone von der Reede aus geradewegs in das offene, unendliche Meer.

Die elf Greise starrten dem entschwindenden Schiffe nach. Abermals hatten sie einander gefaßt an den Händen und bebten wieder, eine einzige Kette von Schauer und Schmerz. Alle hatten sie heimlich gehofft, ohne daß einer dem andern es anvertraute: jetzt noch und jetzt werde ein Wunder geschehen! Aber leicht und gekost vom zärtlichen Winde glitt mit gerundeten Segeln das Schiff durch die Flut, und je kleiner sein Umriß ward in der Ferne, desto kläglicher schmolz die Hoffnung in ihren Herzen und verlor sich im riesigen Meere ihrer Trauer. Schon schimmerte das Schiff nur mehr klein wie die Schwinge einer Möwe, und schließlich – die Tränen verdunkelten ihren Blick – gewahrten sie nichts als verlassenes Blau. Dahin jede Hoffnung! Abermals wanderte der Leuchter in Fremde und Ferne, ewig rastlos, ewig verloren!

Nun erst, die Augen rückwendend vom Meere, besannen sie sich des Knaben, der stöhnend mit seinem zerschmetterten Arm auf der Stelle lag, wo der Leuchter im Sturz ihn hingeschlagen. Sie hoben den Blutenden auf und legten ihn auf eine Trage. Alle schämten sie sich tief, daß dieser Knabe kindisch getan, was keiner der Männer zu tun gewagt, und Abthalion fürchtete sich vor den Frauen, weil er den Enkel als Krüppel heimbrachte zu Mutter und Tochter. Nur Rabbi Elieser, der Reine und Klare, tröstete sie.

»Nicht klagt und beklagt ihn. Erinnert euch der Schrift, wie Gott den Mann zu Tode schlug, der mit der Hand die Lade rührte, um sie zu stützen, denn Gott will nicht, daß man an das Heilige rühre mit fleischlichen Händen. Dieses Kind aber hat er geschont und nur den Arm ihm geschlagen. Vielleicht ist ein Segen in diesem Schmerz und eine Berufung.«

Zärtlich beugte er sich dann über den stöhnenden Knaben: »Nicht wehre deinem Schmerz, sondern nimm ihn in dich. Auch dieser Schmerz ist ein Erbe. Denn nur im Leiden erlebt sich unser Volk, nur aus Not wird ihm schaffende Kraft. Ein Großes ist dir geschehen, denn Heiliges hast du berührt, und nur dein Leib ward versehrt, nicht dein Leben. Vielleicht bist du durch diesen Schmerz erlesen und ein Sinn ist verborgen in deinem Schicksal.«

Der Knabe blickte zu ihm auf, gläubig und stark. Mächtiger war der Stolz, daß der Weise ihn ehrte, als der brennende Schmerz. Und nicht ein einzig Stöhnen kam mehr von seiner Lippe, während sie ihn heimbrachten, zerbrochenen Arms, in das väterliche Haus.

Unruhig gingen seit jener vandalischen Nacht im Römischen Reiche die Jahre, und es geschah mehr in einer einzigen Lebenszeit, als sonst in sieben Menschenaltern geschieht. Ein anderer Kaiser ward Herrscher in Rom und wieder ein anderer und wieder ein anderer, der eine hieß Avilius, die nächsten Maioranus und Libius Severus und Anthemius. Einer mordete oder verjagte den andern, abermals brachen germanische Völker ein in die Stadt und plünderten sie. Abermals wurden (und noch immer war es die Lebenszeit eines einzigen Geschlechts) andere Kaiser eingesetzt und wieder abgesetzt, und schließlich die letzten Roms, Licerius und Julius Nepos und Romulus Augustulus, bis dann Odoaker und Theoderich, harte nordische Krieger, die Herrschaft nahmen. Aber auch dieses gotische Reich, von dem seine Könige meinten, es werde, in Zucht gehärtet und in Eisen gegürtet, Geschlechter überdauern, auch dieses sank und verkam im Lauf dieses einen Geschlechts, indes im Norden Völker wanderten und sich scharten und jenseits des Meers zu Byzanz ein anderes Rom sich erhob; es war, als sollte seit jener Nacht, da die Menorah durch die Porta Portuensis entwandert, kein Friede mehr sein und keine Rast in der tausendjährigen Tiberstadt.

Alle die elf Greise aber, die den Leuchter auf jener seiner letzten Wanderung begleitet, hatte längst der Tod an sich genommen, und begraben waren ihre Kinder schon, und die Enkel zu Greisen geworden – immer aber lebte dieser eine noch, Benjamin, der Enkel Abthalions, der Zeuge jener vandalischen Nacht. Aus dem Kinde von einst war ein Jüngling geworden, aus dem Jüngling ein Mann, aus dem Manne ein Greis. Sieben seiner Söhne waren ihm vorausgestorben und seiner Kindeskinder schon eines erschlagen, als der Pöbel unter Theoderich die Synagoge verbrannte. Er aber, zertrümmerten Arms, lebte noch immer; wie im Walde der Sturm die Bäume hinfegt zur Rechten und zur Linken, einer aber, der mächtigste, bleibt und ragt allein, so überdauerte dieser Uralte die Zeit und sah Kaiser sterben und Reiche sinken; ihn allein nur mied ehrfürchtig der Tod, und sein Name war groß und fast heilig unter den Juden der Erde. Benjamin Marnefesch nannten sie ihn um seines zerschlagenen Armes willen, was besagen will: den Mann, den Gott bitter geprüft, und keinen andern ehrten sie wie ihn. Denn der letzte war er und der einzige, der eigenen Auges den Leuchter Mosis, den Leuchter aus Schelomos Tempel, erschaut, die Menorah, die, verwaist ihres Lichts, nun vergraben dunkelte im Schatzhaus der Vandalen. Wenn Kaufleute nach Rom kamen aus Livorno und Genua und Salern, aus Mainz und Trier und den levantinischen Ländern, gingen sie erstlich hin zu seinem Hause, um leibhaftigen Auges den Mann zu erblicken, der die Heiligtümer Mosis und Schelomos noch mit den seinen gesehen. Wie vor frommem Bildnis beugten sie sich vor dem Greise in Ehrfurcht, mit ergriffenem Schrecken blickten sie auf den gelähmten Arm und tasteten mit den Fingern die Hand an, die einstens den Leuchter des Herrn berührt. Und obwohl sie jeglicher wußten – denn in jenen Zeiten lief die Rede so rege über die Welt wie heute die Schrift –, was Benjamin Marnefesch widerfahren in jener Nacht, ließen sie nicht ab, ihn zu bitten, daß er immer und immer die Wanderung ihnen von neuem berichtete. Und mit ewig gleicher Geduld erzählte dann jedesmal der Greis von der Ausfahrt des Leuchters, und von dem Busch seines Barts ging ein Glänzen aus, wenn er verkündete, was Rabbi Elieser, der Reine und Klare – längst war sein Leib in die Grube gefahren –, ihm damals verheißen. Nicht zu verzagen mahnte er sie, denn noch sei die Wanderung des heiligen Zeichens nicht vollendet; wiederkehren werde der Leuchter nach Jeruscholajim und enden ihre eigene Verstoßenheit, wieder werde sich sammeln das Volk um sein gerettetes Zeichen. So gingen sie alle getröstet von ihm, und in ihr Gebet verflochten sie seinen Namen, daß er lange bleiben möge mit seinem Volke, er, der Tröster, der Zeuge, der letzte, der das Heiligtum des Tempels gesehen.

Und Benjamin, der bitter Geprüfte, das Kind jener verschollenen Nacht, ward siebzig Jahre und ward achtzig und ward fünfundachtzig und ward siebenundachtzig. Schon beugten sich mählich seine Schultern unter der wuchtenden Zeit, undeutlich ward ihm das Auge, und manchmal ermüdete er mitten im Tag. Aber keiner der Juden Roms wollte glauben, daß der Tod Macht haben könne über ihn, denn sein Dasein bedeutete ihnen Unterpfand eines großen Geschehens. Undenkbar schien es jedem, daß diese irdischen Augen, die den Leuchter des Herrn gesehen, auslöschen konnten, ohne die Heimkehr der Menorah erlebt zu haben, und als ein Wahrzeichen göttlichen Willens hüteten sie seine Gegenwart. Es war kein Fest ohne ihn und kein Dienst ohne seinen Namen. Wenn er ging, beugten sich fromm die Ältesten vor dem Uralten, jeder sprach den Spruch des Segens nach seinen Schritten, und wo immer sie sich einten zu Sorge und Fest, war der oberste Platz an ihrem Tische ihm bereitet.

So ehrten die Juden Roms Benjamin Marnefesch auch diesmal als den Ältesten und Würdigsten der Gemeinde, da sie sich, wie es die Sitte gebot, auf dem Friedhof versammelten an dem traurigsten Tag ihres Jahres, dem neunten Ab, dem Tag der Zerstörung des Tempels, jenem Tage, dem düster gedächtnisvollen, der ihre Väter heimatlos gemacht und wie Salz gestreut über die Länder der Erde. Nicht in ihrem Bethause saßen sie, das hatte jüngst der feindliche Pöbel geschändet, sondern ihren Toten verlangte es sie nahe zu sein an diesem tödlichen Tage; außerhalb der Stadt, wo ihre Väter eingegraben waren in fremde Erde, versammelten sie sich, um die eigene Fremdheit einer dem andern zu klagen. Zwischen den Gräbern saßen sie, und manche auf bereits zerbrochenen Steinen; sie wußten, bei ihren Vätern saßen sie, Söhne auch ihrer Trauer, und lasen auf den Tafeln der Ahnen Namen und ihr Lob. In manchem der Steine waren über dem Namen bildliche Zeichen gemeißelt, zwei gekreuzte Hände als Zeugnis der Priesterschaft oder der waschende Krug der Leviten oder ein Löwe oder Davids Stern. Eine der aufrechten Platten zeigte im Abbild den siebenarmigen Leuchter, die Menorah, um zu künden, daß, der hier in ewigem Schlummer ruhte, ein Weiser und selbst eine Leuchte in Israel gewesen. Vor diesem Grabstein und den Blick ihm zugewandt, saß Benjamin Marnefesch im Kreise der andern, Asche aufs Haupt gestreut und die Kleider zerrissen wie die andern, die Weiden gleich sich beugten und neigten über die schwarzen Gewässer ihres Leides.

Es war spät am Nachmittag, und die Sonne senkte sich schon schräge in die Pinien und Zypressen. Falter von satter Buntheit schwirrten um die hockenden Juden wie um vermorschte Stämme, Libellen mit regenbogenfarbigen Flügeln setzten sich sorglos auf ihre gebeugten Schultern, und im fetten Grase spielten Käfer um ihren

Schuh. Würzig fächelte im golden glänzenden Laub Wind heran, ein samtig weicher Abend war nah, aber die Juden hoben die Augen und hoben die Herzen nicht auf. Immer und immer stießen sie sich in neue Trauer hinab, immer und immer neu sich erinnernd der Geschlagenheit ihres Volks in gemeinsamer Klage. Sie aßen nicht, sie tranken nicht, sie wendeten nicht ins Helle des Tages den Blick; nur die Klagegesänge lasen sie einander vor, die erzählen von der Zerstörung des Tempels und vom Untergang Jeruscholajims, und obwohl jedes Wort dieser schmerzvollen Gesänge längst eingebrannt war bis zum innersten Tropfen des Blutes, sagten die Gläubigen sie sich aber und abermals vor, um den Schmerz zu schärfen und zu fühlen, wie aber und abermals der geschärfte ihr Herz zerschnitt. Nichts wollten sie fühlen denn Leid an diesem dunkelsten Tage, und so besannen sie zu ihrer eigenen Verstoßenheit und Bedrücktheit noch der Toten Leid und Bedrücktheit; all ihres Volks schweres Geschick erneuerten sie sich einer dem andern im Wort und das Leiden der Vorzeit. Und wie diese in Rom, so hockten und saßen, bestäubten Haars und zerrissenen Gewands, in allen Städten und Gemeinden der Erde die Juden bei den Gräbern und sprachen und lasen von einem Ende der Welt bis zum andern die gleichen Klagen zur gleichen Stunde, die Klage Jeremias, wie die Tochter Zion gefallen und zum Spott geworden der Völker. Und sie wußten, dieses Leid und diese Klage gemeinsamen Verstoßenseins waren ihre einzige Einheit auf Erden.

Indes sie so saßen und murmelten und klagten und sich das Herz zerrieben mit dem Schmerz der Erinnerung, merkten sie nicht, wie die Sonne immer goldener wurde und die dunklen Stämme der Pinien und Zypressen, gleichsam von innerem Licht erhellt, rötlich zu glühen begannen. Sie merkten nicht, daß der neunte Ab, der Tag der großen Trauer, langsam zu Ende ging und die

Stunde nahte des letzten Gebets. Da klirrte außen das rostige Tor des Friedhofs. Sie hörten wohl, daß einer eintrat, aber sie erhoben sich nicht, und auch der Fremde stand still wartend, bis das Gebet gesprochen war. Dann erst blickte der Vorsteher der Gemeinde den Eingetretenen an und grüßte: »Gesegnet sei, der da kommt. Friede mit dir, Jude.«

»Gesegnet seien, die hier weilen«, antwortete der Fremde. Und abermals fragte der Vorsteher:

»Woher kommst und welcher Gemeinde bist du?«

»Die Gemeinde, in der ich gewesen, sie ist nicht mehr; auf einem Schiff bin ich geflohen von Karthago. Großes hat sich ereignet. Justinian, der Kaiser, hat von Byzanz ein Heer geschickt gegen die Vandalen, und Belisar, sein Feldherr, hat Karthago gestürmt, die Zwingburg der Piraten. Gefangen ist der König der Vandalen, vernichtet sein Reich. Alles, was die Räuber genommen in Jahren und Jahren, hat Belisar gebeutet und führt es nach Byzanz. Der Krieg ist zu Ende.«

Die Juden blickten gleichgültig und stumm, ohne aufzustehen. Was war ihnen Byzanz, was ihnen Karthago – Edom dies alles und Amalek, der ewige Feind. Ewig führten diese heidnischen Völker sinnlose Kriege, bald siegten diese, bald siegten jene, und nie die Gerechtigkeit. Was ging sie das an? Was war Karthago, was Rom, was Byzanz ihrem Herzen, das nur einer Stadt sich sorgte: Jeruscholajims.

Nur Benjamin Marnefesch, der bitter Geprüfte, hob stark jetzt den Blick:

»Und der Leuchter?«

»Er ist heil. Belisar hat ihn erbeutet. Und ich habe vernommen, mit all den andern Schätzen bringt er ihn hinüber nach Byzanz.«

Jetzt erst schraken die andern auf. Jetzt erst begriffen sie Benjamins Frage: abermals sollte der heilige Leuchter in Fremdnis wandern. Wie ein Pechbrand warf sich die Botschaft in das dunkle Gebäu ihrer Trauer. Sie sprangen auf von der Erde, sie drängten über die Gräber, umringten den Fremden, sie schluchzten und weinten:

»Wehe! Nach Byzanz! . . . Abermals über das Meer! . . . Abermals in fremdes Land . . . Noch einmal werden sie ihn hinschleppen im Triumph wie Titus, der Verfluchte . . . Immer in anderes Land und nie nach Jeruscholajim . . . Wehe, wehe über uns!«

Es war, als hätte man mit heißem Stahl an eine alte Wunde gerührt. Denn dunkel war Unruhe in ihnen allen und Angst, wenn die Heiligtümer der Lade wanderten, müßten sie selbst wieder in die Fremde hinaus, abermals, abermals Heimat suchen, die keine Heimat war. So ging es, seit der Tempel zerstört war, und immer wieder ward ihr Leben zerstört. Der vergangene Schmerz und der neue strömten wild ineinander. Alle schrien sie, schluchzten und klagten, und die kleinen Vögel, die friedlich saßen auf uraltem Stein, stoben auf und entflüchteten vor der Männer heißem Tumult.

Nur einer, Benjamin, der Uralte, war still auf dem vermoosten Steine sitzen geblieben und schwieg, während die andern wirrten und weinten. Ohne daß er es wußte, hatten sich seine Hände zusammengetan; wie ein Träumender saß er und lächelte still vor sich gegen jene Grabtafel hin, in die das Bildnis der Menorah gegraben war. Mit einemmal leuchtete in seinem verwitterten und weißumwirrten Greisengesicht etwas auf von dem Kinde, das er gewesen in jener Nacht, die Falten fielen auseinander, die Lippen lösten sich lind, und es war, als ging das leise Lächeln von dem Mund über seinen ganzen Leib, da er nach innen lauschte, über sich selber gebückt.

Endlich ward einer des Alten gewahr, und er schämte sich seiner eigenen Wildheit. Ehrfürchtig blieb er stehen und rührte leise den Nächsten an. Einer nach dem andern verstummte, und alle blickten sie jetzt atemlos auf den Greis, dessen Lächeln wie eine weiße Wolke hinging über ihren dunklen Schmerz. Es ward still wie bei den Toten unter der Erde, deren Gräber sie dunkelnd umstanden.

An dem völligen Schweigen erst spürte Benjamin, daß alle auf ihn blickten. Mühsam, denn er war schon gebrechlich, hob er sich auf von dem zerschlagenen Stein, auf dem er gesessen; allen schien er plötzlich mächtig wie noch nie, wie er dastand, silbern umbuscht das Anlitz und wie weiße Lohe das Haar lodernd um die kleine seidene Kappe. Nie fühlten sie innerlich so sehr wie in dieser Stunde, daß der Marnefesch, der bitter Geprüfte, auch ein Gesendeter war. Benjamin aber begann, und es war die Frommheit eines Gebets in seinem Wort:

»Nun weiß ich, warum mich Gott aufgespart bis zu dieser Stunde. Immer fragte ich mich, wozu breche ich noch unnütz das Brot, wozu spart mich der Tod, mich ausgemüdeten, unnützen Greis, der nur mehr nach Schweigen verlangt. Schon war ich kleinmütig geworden, denn zu viel Leiden sah ich in unserem Volke, und mir müdete die Zuversicht. Doch nun begreife ich, daß eins mir noch auferlegt ist in diesem Leben. Ich habe den Anfang gesehen, nun ruft mich das Ende.«

Ehrfürchtig lauschen die andern dem Dunkel seiner Rede. Endlich fragte einer, der Vorsteher, leise:

»Was willst du tun?«

»Ich glaube, nur dazu hat mir Gott das Leben und das Licht des Auges so lange bewahrt, daß ich noch einmal den Leuchter erschaue. Ich muß nach Byzanz. Vielleicht, was dem Kinde mißlang, das Heilige für uns zu lösen, vielleicht vollbringt es der Greis.«

Alle bebten vor Erregung und Ungeduld. Unglaubhaft schien es zwar jedem, daß dieser brüchige Greis den

Leuchter zurückzugewinnen vermöge von dem mächtigsten Kaiser der Erde, und doch war es betörend, das Wunderbare zu glauben. Nur ein einziger fragte besorgt:

»Wie könntest du so weite Reise bestehen? Bedenke, drei Wochen sind es auf dem winterlichen Meer. Du bist, ich fürchte, nicht stark genug für die Mühsal.«

»Man ist immer stark, wenn es das Heilige gilt. Auch damals, als sie mich mit sich nahmen, ein unmündiges Kind, meinten sie, der Weg sei zu mühsam, und doch ging ich ihn voll bis ans Ende. Nur dies wird not tun, denn mein Arm ist zerschlagen, daß einer mich begleite, ein Rüstiger, damit er mir helfe, und ein Junger, damit er einst Zeuge sei späterem Geschlecht, wie ich es geworden dem euern.«

Er wandte die Augen suchend im Kreise und sah einen nach dem andern der jüngeren Männer an, als wollte er sie prüfen. Jeder bebte unter diesem tastenden Blick und spürte seine Spitze bis an das verstummende Herz. Jeder ersehnte, er möge gewählt werden für die Sendung, und jeder war zu scheu, sich zu melden. Alle warteten sie, die Seele erregt. Aber der Alte senkte unsicher das Haupt und murmelte nur: »Nein, ich will nicht entscheiden. Nicht mein sei die Wahl. Man werfe die Lose. Gott soll mir den Rechten erwählen.«

Die Männer traten zusammen, zogen Halme aus dem wuchernden Gras der Gräber, zerbrachen sie in größere und kleinere Stücke und teilten sie untereinander. Das Los entschied für Jojakim ben Gamaliel, einen Zwanzigjährigen, der groß und kräftig war, ein Schmied seines Zeichens, aber sie liebten ihn nicht. Denn er war unkund der Schrift und ungeduldiger Art. Blut war an seinen Händen, er hatte einen Syrer in Smyrna im Streite erschlagen und war nach Rom geflohen, ehe die Häscher ihn faßten. Ärgerlich wunderten sie sich alle im stillen, daß das Los gerade diesen Störrischen und Wilden getroffen statt eines Ehrfürchtigen und Frommen. Aber der Alte blickte, da Jojakim als der Gewählte vortrat, nur flüchtig auf und befahl ihm:

»Rüste alles. Morgen abend reisen wir.«

Den ganzen Tag nach diesem neunten Ab verbrachte die römische Gemeinde in aufgeregter Tätigkeit. Keiner der Juden pflegte sein eigen Geschäft, ein jeder brachte und sammelte Geld, und die arm waren, borgten auf Pfand, und die Frauen gaben ihre Spangen und Steine. Denn immer mehr wuchs in ihnen allen die Gewißheit, daß dieser auserwählt sei, die Menorah zu lösen aus der neuerlichen Haft und den Kaiser zu bestimmen, wie einstens Cyros, das Volk mit den heiligen Geräten heimzusenden in die Heimat. Tag und Nacht schrieben sie Briefe an alle die Gemeinden des Ostens, nach Smyrna und Kreta und Saloniki, nach Tarsos, Nykäa und Trapezunt, sie sollten Sendlinge schicken nach Byzanz und Gelder sammeln, auf daß man die heilige Tat der Befreiung vollende. Sie mahnten die Brüder in Byzanz und Galata, Benjamin Marnefesch, dem bitter Geprüften, als dem Berufenen gewaltigen Geschehens im voraus jeden Weg zu bereiten; gleichzeitig rüsteten die Frauen Mäntel und Kissen und Zehrung für die Reise, damit die Lippen des Frommen nichts Unreines berühren müßten auf dem Schiffe. Und obwohl es den Juden Roms verboten war, im Wagen zu fahren oder zu Pferde zu reiten, bestellten sie heimlich ein Gefährt außerhalb des Tores, damit nicht schon ermüdet der Greis die Ausfahrt beginne.

Aber sehr verwunderten sie sich, als Benjamin sich weigerte, das Fahrzeug zu besteigen. Zu Fuß wollte er die Straße nach Portus schreiten, forderte eigensinnig der Alte, wie er sie vor mehr denn achtzig Jahren, ein schwächliches Kind, gegangen in jener Nacht. Unmöglich und überkühn schien ihnen vorerst das Unterfangen, der sonst Hinfällige wolle eigenen Fußes hinwandern bis an das Meer. Aber sie staunten, da sie ihn anblickten, denn wie verwandelt war er seit jener Botschaft. Es schien, als sei über Nacht Kraft zurückgekehrt in seine Glieder und neue Wärme geströmt in sein altes Blut. Seine Stimme, sonst matt und geschwächt, klang jetzt, da er beinahe zornig ihre Sorge abwehrte, herrisch und stark; und voll Ehrfurcht gehorchten sie ihm.

Die ganze Nacht begleiteten die jüdischen Männer von Rom Benjamin Marnefesch, den Erlesenen ihrer Gemeinde, auf demselben Wege, den dereinst ihre Ahnen geschritten, um den Leuchter des Herrn zu geleiten. Heimlich hatten sie dennoch eine Trage mitgenommen, den Greis darin weiterzuführen, sollte ihm vorzeit die Kraft erlahmen. Aber der alte Mann ging rüstig den Weg und allen voran. Mit keinem sprach er, und sein Sinn gehörte ganz der vergangenen Zeit. An jedem Stein und jeder Wende des Wegs, den er seit jener Nacht nie mehr geschritten, ward ihm die mächtige Stunde seiner Kindheit immer heller gewärtig. An alles erinnerte er sich, was damals geschehen, er hörte die Stimmen der Toten im lauen Wind, jedes Wort ward wach, das jeder gesprochen. Da zur Rechten hatte die Feuersäule geflammt von dem brennenden Hause, hier der Meilenstein gestanden, an dem sie erloschenen Herzens gezagt, als die numidischen Reiter gegen sie sprengten. Jeder Frage entsann er sich, die er gefragt, jeder Antwort, die ihm geworden. Und als er an jene Stelle kam, wo damals morgens die Alten an dem Rand der Straße ihr Gebet gesprochen, da nahm er, wie es jene getan, Gebetmantel und Riemen, um, nach Osten gewandt, das gleiche Gebet zu sprechen, das schon Väter und Urväter des Morgens gesprochen und das, im Blute bewahrt und dunkel weiterfließend von Geschlecht zu Geschlecht, seine Kinder und Enkelsöhne sprechen würden und deren fernste Erben.

Hinter ihm staunten scheu die andern, sie verstanden

nicht sein sonderlich Tun. Denn näher gegen Herbst als bei dem damaligen Gange war diesmal die Zeit des Jahres, kein Schimmer der Frühe am Himmel zu gewahren und noch weit die Stunde vor Tag: wie durfte ein Frommer das Morgengebet sprechen, ehe es dämmerte? Gegen allen Brauch war dies und grober Verstoß gegen Überlieferung und Schrift. Aber dennoch blieben sie ehrfürchtig um den Betenden geschart. Denn was er, der Erlesene, tat, konnte nicht Unrecht sein. Diesem war diesmal, so fühlten sie, alles erlaubt, und wenn er noch vor dem Licht den Dank an Gott sprach für das geschaffene Licht, so war es gerecht.

Der Alte faltete, gesprochenen Gebets, den Mantel wieder zusammen und schritt rüstig weiter, als hätten die frommen Worte ihn erfrischt. Da sie endlich an den Hafen kamen, starrte er lange hinaus auf das Meer; das Kind ward in seiner Seele lebendig, das verschollene, in ihm längst vergangene Kind, das damals zum erstenmal Woge und Ferne erschaut. Es war dasselbe Meer wie vor achtzig Jahren: tief und unergründlich wie Gottes Gedanken, dachte er fromm. Wie damals erhellte sein Auge sich an der Helle des Himmels: alle die Gefährten, die ihn begleitet, segnete er, da er Abschied nahm von ihnen für immer; dann betrat er mit Jojakim das Schiff. Und wie damals die Vorväter und Väter, so blickten vom Ufer nun erschüttert und erregt die Männer zu, wie die Galeone sich regte und geschwellten Segels vom Ufer stieß. Sie wußten, sie hatten den bitter Geprüften zum letztenmal gesehen, und als das Segel in der Ferne entschwand, fühlten sie sich arm und beraubt.

Stark und stetig stieß indes das Schiff durch die Flut. Die Wogen schäumten heftig auf, und von Westen rollten dunkle Wolken heran. Besorgt blickten die Steuerleute, ob nicht ein Sturm heranziehe und damit tödliche Gefahr. Aber wenn auch von Wettern gejagt und zweimal zurückgeworfen auf dem Wege, das Schiff bestand die Beschwerde und landete drei Tage nach dem Tage, da Belisar von Afrika die Beute brachte, heil in Byzanz.

Byzanz, seit von Roms Haupte die Krone gesunken, die Trägerin des Imperiums und die Herrscherin der Welt, wirrte an jenem Morgen von Menschen, denn seit Jahren war dieser Stadt, die Feste und Spiele mehr liebte als Gott und die Gerechtigkeit, kein so herrliches Schauspiel versprochen wie dieses Mal; Belisar, der Besieger der Vandalen, sollte im Zirkus sein siegreiches Heer mit der gesamten Beute dem Basileus, dem Weltherrn, entgegenführen. Unermeßliche Mengen drängten durch die bewimpelten Straßen, eine einzige Masse füllte schwarz den länglich gerundeten riesigen Raum des Hippodroms, und wie ein Meer brandet, murrend und ungeduldig, dröhnte und stöhnte die zusammengedrängte Erwartung. Denn noch stand die kaiserliche Tribüne, die Kathisma, die, mit Säulen überdeckt und prunkvoll beladen, das ungeheure Oval flach abschloß wie ein eingepelltes Ei, völlig leer. Noch war durch den unterirdischen Gang, der diesen festlichen Raum dem Kaiserschlosse verband, der Basileus nicht vor seinem Volke erschienen.

Endlich verkündeten scharfe Fanfaren den festlichen Augenblick. Zuerst reihten sich, mit ihren roten Gewändern und blitzenden Klingen eine leuchtende Rückwand bildend, die kaiserlichen Garden auf, dann rauschten in seideglänzenden Kleidern die obersten Würdenträger, Priester und Eunuchen heran, dann endlich erschienen, baldachinüberdeckt und in zwei Sänften getragen, Justinian, der Basileus, der Autokratos, die goldene Krone wie einen Heiligenschein gewölbt über dem Haupt, und Theodora im Flimmer ihrer Juwelen. Als sie vortraten an ihren kaiserlichen Platz, prasselte mit einem Schlag von allen Stufen ein Sturz tosenden Jubels herab. Vergessen war, daß in ebendemselben Raum erst vor wenigen Jahren eine gleiche Menge gegen die gleiche Tribüne mit demselben Kaiser gestürmt und zur Strafe dann dreißigtausend Menschen geschlachtet wurden an dieser Stätte; immer löscht der Sieg jede Schuld bei der ewig vergeßlichen Masse. Berauscht vom Prunk und zugleich von der Brunst ihrer eigenen Begeisterung, schrien und tobten und heulten und jubelten in hundert Sprachen diese Tausende Münder, daß die steinerne Wandung bebte vom Widerhall, eine ganze Stadt, eine ganze Welt war es, die ihnen entgegenbebte, dem Bauernsohn aus Mazedonien und der zierlichen Frau, die einstmals – die alten Leute erinnerten sich noch – hier im gleichen Hause nackt ihren Körper als Tänzerin offen darbot und nächtens jedem Beliebigen verkaufte. Aber auch dies war vergessen wie jede Schande nach dem Sieg und jede Gewalttat nach ihrem Triumphe.

Stumm aber stand über dieser tobenden Masse, die ihren feilen Jubel schmutzig und schreiend wie Spülwasser dem Sieger entgegenschäumte, ein anderes Volk auf den höchsten Terrassen, ein stilles und steinernes Volk: die Hunderte und aber Hunderte der Statuen Griechenlands. Aus ihren Tempeln, wo nur Frieden war, hatte man sie gerissen, diese Bildnisse der Götter, aus Palmyra und aus Kos, aus Korinth und Athen; von ihren Triumphbögen und Säulen hatte man sie geschleppt, nackt und blank, wie sie waren im ewigen Weiß ihres Marmors. Unberührbar von vergänglicher Leidenschaft, für immer eingesenkt in den ewigen Traum ihrer Schönheit, so standen sie da, stumm und anteilslos, sie huldigten dem Irdischen nicht, sie rührten sich nicht. Unbeweglich und stolz starrten sie hinweg über die blutigen Spiele auf die blaue Ferne des Meers, das mit reiner Woge dem Bosporus entgegenschäumte.

Scharf und ganz nah schrillten jetzt abermals Fanfaren, um anzukündigen, daß der Triumphzug des Feldherrn die äußere Pforte des Hippodroms erreicht habe. Aufgetan wurden die Tore, und abermals schwoll das schon abgedämpfte Brausen der Menge zu jubelndem Donner empor. Da waren sie, die ehernen Kohorten Belisars, die das Weltreich errichtet, die alle Feinde besiegt und ihnen nun Lust erlaubten an sorglosen Spielen! Steiler und geller stieg der Jubel noch an, als hinter den Siegern die Beute geschleppt kam, die Schätze Karthagos, und ihrer Fülle war kein Ende. Erst fuhren stolz die Triumphwagen vor, welche die Vandalen einstens erbeutet, dann trug man auf erhöhten Gerüsten die Thronsessel, die juwelengeschmückten, und unbekannter Götter Altäre, Statuen leuchteten auf, von namenlosen Künstlern geschaffen im Namen der Schönheit, und dann, beladen bis zum Rande, Truhen, gehäuft mit Gold und Kelchen und Vasen und seidenen Gewändern; alles, was das Raubvolk geraubt an allen Enden der Erde, nun kam es zurück und gehörte dem Kaiser, dem Reich, und bei jeder Herrlichkeit jauchzte das Volk von neuem und träumte in gläubigem Rausch, für ewig und immer ströme alle Pracht, aller Reichtum der Erde nun zu ihm.

Inmitten so blendender Kostbarkeiten fiel es der Menge weiter nicht auf, daß jetzt die Träger einige Gegenstände brachten, die kärglich schienen, gemessen an der andern erlesenen Pracht: einen schmalen, goldüberplätteten Tisch, zwei silberne Tuben und einen siebenarmigen Leuchter. Kein Jubel schwoll diesen unscheinbaren Geräten entgegen. Aber hoch oben inmitten der Menge stöhnte ein alter Mann und grub seine Hand, die linke war es, in seines Nachbars Jojakim Arm: nach achtzig Jahren sah wieder der Greis, was er einstens als Kind gesehen, den heiligen Leuchter aus Schelomos Haus, den Leuchter, den einst seine kindische Hand gefaßt und der ihm für immer den Arm zerschlagen. Seliges Schaun: er war es, derselbe! Unbesiegbar ging durch die ewige Zeit der ewige Leuchter wieder einen Schritt seiner Heimkehr entgegen! Der alte Mann fühlte die Gnade des Wiedersehns wie einen inneren Sturm: nicht mehr konnte er das Unmaß des Jubels verschließen, und heiß schrie er auf: »Unser! Unser! Unser in alle Ewigkeit!«

Aber niemand und nicht einmal die Nächsten vernahmen den vereinzelten Ruf. Denn in einem einzigen Lustschrei brüllte jetzt die Masse auf: Belisar, der Sieger, hatte die Arena betreten. Weit hinter den Triumphwagen, weit hinter der unermeßlichen Beute ging er dahin im schlichten Gewand seiner Krieger. Aber das Volk kannte und erkannte seinen Helden und umschmetterte so laut seinen Namen und immer nur den seinen, daß Justinian eifersüchtig die Lippe biß, als sein Feldherr sich jetzt vor ihm beugte.

Dann wieder brach Stille herein, so voll und gespannt, wie vordem der Lärm gewesen. Gelimer, der König der Vandalen, der, hohnvoll mit einem Purpurmantel bedeckt, hinter Belisar, seinem Besieger, ging, stand nun vor dem Kaiser. Die Knechte rissen ihm den Purpurmantel ab, und der Besiegte warf sich hin auf die Erde. Einen Augenblick ging kein Hauch von den Tausenden und aber Tausenden Lippen. Alles starrte auf die Hand des Basileus. Würde er Gnade geben oder nicht? Würde sein Finger sich heben oder senken? Und siehe, jetzt erhob er ihn, das Leben war dem Besiegten geschenkt, und in einem einzigen Donner entlud sich die Begeisterung. Nur einer inmitten der Menge hatte nicht hingeblickt, Benjamin, der erschütterte Greis. Einzig der Menorah starrte er nach, welche die Träger langsam durch die Arena weiterführten. Nur ihr blickte er zu; und als das heilige Gerät mit dem Zuge verschwand, ward es ihm dunkel vor den Sinnen.

»Führe mich fort!« Jojakim murrte leise. Der Glanz des einzigen Schauspiels lockte den gierigen jungen Menschen. Aber hart und knochig krampfte sich die Hand des Alten in seinen Arm: »Führe mich! Führe mich fort!« Wie ein Blinder tappte und tastete er dann an seines Helfers Hand quer durch die Stadt, immer noch sah er den Leuchter mit den Blicken der Seele, und ungeduldig der Wanderung, drängte er Jojakim, er möge ihn eilends zur Gemeinde der Juden bringen. Angst überkam ihn mit einemmal, nun, da Anfang und Ende sich berührten, könnte vorzeitig sein Leben zu Ende gehen und er abermals die Rettung des Leuchters versäumen.

Im Bethause zu Pera harrte unterdes seit Stunden und Stunden die Gemeinde des erlauchten Gastes. Wie in Rom den Juden Bleibe nur am andern Ufer des Stroms verstattet war, so duldete man die Juden von Byzanz nur in Pera an der andern Küste des Goldenen Horns; hier wie überall war das Abseits ihr Schicksal, aber auch das Geheimnis ihres Überdauerns in der Zeit.

Gefüllt und überfüllt schwülte das enge Gelaß des Bethauses. Denn nicht nur die Juden von Byzanz waren wartend versammelt; auch von fern und nah, aus Nykäa und Trapezunt und Odessa und Smyrna und den Städten des thrakischen Lands, von allen jüdischen Gemeinden waren Abgesandte gekommen, um teilzunehmen an Rat und Geschehnis. Längst hatte die Nachricht, Belisar habe die Zwingburg der Vandalen erstürmt und mit den Schätzen auch den ewigen Leuchter zurückerbeutet, über alle Küsten des Meers sich in die Gemeinden verbreitet; kein Jude war im Reich von Byzanz, der nicht erregt die Botschaft empfing. Denn ob auch wie Spreu über die Tennen der Welt geworfen und in viele Sprachen zerrissen, immer war noch diesem verlorenen Volke alljedes, was seinen heiligen Zeichen geschah, gemeinsam zu Lust und Leide getan, und sonst oft widereinander verhärtet und vergeßlich, schmolzen ihre Herzen brüderlich zusammen bei jeder Gefahr. Unablässig schmiedeten Verfolgung und Unrecht das eiserne Band neu, das den zertrümmerten Stamm ihrer Einheit noch hielt, daß er nicht morsch werde und stürze; und je härter das Schicksal gegen die einzelnen schlug, desto stärker wuchsen ihre Seelen zur Einheit zusammen. Auch diesmal traf das Gerücht, die Menorah, der Leuchter des Tempels, der Leuchter des Volks, sei abermals befreit aus verborgener Haft und wandre wieder wie dereinstens von Babel und Rom über Länder und Meere, jeden einzelnen Juden wie sein eigenes Geschick. Auf den Straßen, in den Häusern standen sie heftig redend beisammen, sie durchforschten mit ihren Lehrern und Weisen die Schrift, um den Sinn solcher Wanderschaft zu deuten. Denn was meinte es, daß das Heiligtum wieder zu wandern begonnen? Meinte es Hoffnung oder Not? Fing abermals neue Verfolgung an oder war es ihr Ausgang? Würden sie wiederum bald die Vertriebenen sein und die ziellosen Pilger der Straßen, wieder und wieder die Ruhelosen, nun der Leuchter ruhelos ging? Oder meinte des Leuchters Erlösung auch Erlösung für sie, Aufbruch und Heimkehr, endlich, endlich das Ende der unseligen Wanderschaft? Allen brannte die Seele vor Ungeduld. Boten liefen von Ort zu Ort, um mehr zu erkunden von des Leuchters Fahrt und Bestimmung, und groß war ihr Schrecken, als endlich berichtet ward, abermals werde in öffentlichem Triumph wie einstens zu Rom dies letzte Gerät des Tempels vor den Kaiser Justinian geführt werden.

Schon diese Botschaft bestürmte gewaltig die Seelen. Zur Trunkenheit aber wuchs die wilde Erregung, als von Rom die Sendschreiben der Gemeinde eintrafen, Benjamin Marnefesch, der bitter Geprüfte, der als Kind als letzter den Leuchter bei dem vandalischen Raube gesehen, sei unterwegs nach Byzanz. Ein Staunen überkam sie zuerst. Denn seit Jahren und Jahren kannten alle Juden, ob weit auch in der Ferne zerstreut, die wunderliche Tat jenes siebenjährigen Knaben, der beim Raub der Vandalen den Räubern den Leuchter entreißen gewollt und dem er im Sturz den Arm zerschlagen. Die Mütter erzählten ihren Kindern von Benjamin Marnefesch, dem Geschlagenen Gottes, die Gelehrten ihren Schülern. Längst war seine Tat fromme Sage geworden wie die der Schrift, die man las und lernte. Abends sprach man sie sich vor in den jüdischen Häusern wie eine der alten, wie die hellen und dunklen Taten von Ruth und Simson und Haman und Esther, von den Müttern und heiligen Ahnen des Volks. Und nun kam plötzlich die Botschaft, die unglaubhafte, die wunderbare: dieses Kind von damals, es lebte noch. Und mehr noch, dieses Kind, nun ein Greis, kam über Länder und Meere. Er war am Wege, Benjamin Marnefesch, der letzte Zeuge, um noch einmal den Leuchter zu sehen. Dies mußte ein Zeichen sein! Nicht umsonst konnte Gott diesen einen bewahrt und gespart haben über das sonstige Maß der irdischen Zeit. Vielleicht als ein Berufener war er gerufen, das Heiligtum heimzuführen und sie selber zugleich. Und je mehr sie redeten einer zum andern, desto weniger zweifelten sie: der Glaube an den Erretter, den Erlöser, ewig in dem Blute dieses verstoßenen Volks keimend und aufknospend bei dem ersten warmen Wind jeder Hoffnung, nun brach er mächtig empor und befruchtete ihre Herzen. Staunend sahen in den Dörfern und Städten die fremden Nachbarn auf die Juden, denn anders waren sie geworden über Nacht. Die sonst scheu und geduckt schlichen, immer gewärtig eines Schimpfs oder eines Schlags, nun gingen sie heiter und tänzerisch wie Verzückte. Geizige, die immer jede Krume wendeten und sparten, kauften reiche Gewänder, Männer, die schwerer Zunge gewesen, standen auf und predigten beredt die Verheißung, Schwangere hatten Gesichte und schleppten sich hin auf den Markt, sie schleunig den andern zu künden, und die Kinder trugen bunte Fahnen und Kränze. Die Gläubigsten begannen sogar schon zur Reise zu rüsten und verkauften voreilig Besitz und Habe, um im voraus Maultiere bereit zu haben und Wagen, damit kein Tag mit Zurüstung versäumt sei, sobald der Ruf zur Heimkehr erschalle. Denn mußten sie nicht wandern, wenn der Leuchter wanderte über die Welt, und war nicht der Bote schon auf dem Wege, der einst als Kind das Heiligtum begleitet, wann war ein Zeichen, ein Wunder gewesen in ihren Tagen wie dieses?

So hatte jede Gemeinde, die rechtzeitig von der Botschaft erreicht ward, einen Mann aus ihrer Mitte als Gesandten auserwählt, daß er mitschaue die Ankunft des Leuchters in Byzanz und teilnehme an der Beratung. Und alle, die entsendet wurden, erschauerten vor Glück und segneten Gottes Namen. Wundersam erschien es ihnen in ihrem kleinen, dunklen Leben, das sonst ärmlich hinging in täglicher Notdurft und Gefahr, daß sie, unscheinbare Krämer ansonsten und niedrige Werkleute, teilnehmen durften an so wunderbarem Geschehen und den Mann sehen, den Gott über die irdische Zeit offenbarlich erhalten für die erlösende Tat. Sie kauften oder borgten reiche Kleider, als wären sie geladen zu großem Fest, sie fasteten und badeten und beteten täglich die Tage vor der Abreise, um reinen Leibs und reiner Seele die Botschaft zu empfangen, und als sie dann aufbrachen aus ihrer Heimat, begleitete jeden von seinem Dorfe und seiner Stadt die Gemeinde eine Tagreise auf dem Weg. In allen Orten, die sie durchwanderten bis Byzanz, boten Fromme ihnen Unterkunft und sammelten Geld für die Lösung des Leuchters; stolz und geheimnisvoll wie eines mächtigen Königs Gesandte, zogen diese kleinen Boten eines armen und machtlosen Volkes dahin, und wenn sie einander auf dem Wege trafen und gemeinsam die Reise fortsetzten, sprachen sie erregt über das, was geschehen würde, und je mehr sie sprachen, desto mehr erregten sie sich. Und je mehr sie einander die Seele erregten, desto gewisser ward ihnen allen, sie würden Zeugen sein eines Wunders und der lang verkündeten Wende im Schicksal ihres Volkes.

Und nun warteten sie alle zusammen, ein wirrer und heißer Schwarm redender, eifernder, ratender und fragender Männer im Bethaus zu Pera. Da kam der Knabe, den sie ungeduldig vorausgesandt, keuchend herangelaufen, von der Ferne schon ein Tuch schwingend über dem Haupt, zum Zeichen, daß Benjamin Marnefesch, der ersehnte Gast, von Byzanz kommend mit einem Boote gelandet sei. Die noch saßen, sprangen auf, die eben noch geschrien und geeifert, standen stumm, und einem von ihnen, einem Uralten, versagte vor Erregung die Kraft: ohnmächtig stürzte er hin im Aufruhr der erschütterten Sinne. Keiner aber, auch der Vorsteher nicht, wagte dem Erwarteten entgegenzugehen. Angehaltenen Atems standen sie wartend, und als Benjamin, von Jojakim geführt, weißbärtig und mächtig mit seinem dunkel blitzenden Blick, dem Hause nahte, schien er ihnen Samuel, geführt von dem Knaben, eine Erzvätergestalt, der wahrhaftige Herr und Meister des Wunders. Jäh brach jetzt aus ihnen allen die niedergedämmte Begeisterung. »Gesegnet dein Kommen! Gesegnet dein Name!« jauchzten sie ihm entgegen. Mit einem Sturz umringten sie ihn. Sie küßten sein Gewand, und die Tränen liefen ihnen über die verdorrten Wangen, sie drängten und stießen einander, um jeder mit dem Finger fromm den heiligen Arm zu berühren, den der Leuchter des Herrn zerschlagen, und schützend mußte der Vorsteher sich vor den Greis hinstellen, sonst hätte der Überschwang der trunkenen Männer ihn erdrückt.

Benjamin erschrak mächtig über die Wildheit ihrer gläubigen Inbrunst. Was wollten, was hofften sie von ihm? Eine jähe Angst überkam ihn vor der Last der ungeheuren Erwartung, die sie auf ihn häuften. Leise und dringlich wehrte er ab.

»Nicht schauet so auf mich und überhebet mich nicht, auf daß ich nicht selbst mich überhebe! Nicht erwartet ein Wunder von mir! Bescheidet euch, geduldig zu hoffen! Denn es ist Sünde, ein Wunder zu fordern wie eine Gewißheit.«

Alle senkten das Haupt, betroffen, daß Benjamin ihren geheimsten Gedanken erraten. Und sie schämten sich ihrer heftigen Ungeduld. Leise traten sie zur Seite, und so konnte der Vorsteher Benjamin zu dem bereiteten Platze führen, der sorgsam mit Kissen belegt war und sichtlich erhöht über den andern Plätzen. Aber neuerdings wehrte Benjamin ab:

»Nein, nicht erhöht mich, und an keinem besonderen Platz will ich sitzen über euch. Denn ich bin nicht mehr als ihr alle, und vielleicht sogar nur der Geringsten einer in eurer Mitte. Ich bin nichts denn ein alter Mann, dem Gott nur geringe Kraft mehr gelassen. Ich kam nur, zu schauen und euch zu beraten. Aber erwartet kein Wunder von mir!«

Gefügig taten sie nach seinem Willen, und er saß unter ihnen, der einzige Geduldige inmitten der andern Ungeduld. Nun erst erhob sich der Vorsteher der Gemeinde zum Gruß:

»Friede mit dir! Gesegnet dein Kommen, gesegnet dein Ausgang! Unsere Seelen sind froh, dich zu sehen!«

Alle schwiegen feierlich. Dann begann mit leiser Stimme der Vorsteher:

»Wir haben die Briefe der Brüder aus Rom erhalten, die dein Kommen uns kündeten, und wir haben alles getan, was in unseren Kräften lag. Wir haben Geld gesammelt von Haus zu Haus und von Ort zu Ort, auf daß es gelinge, die Menorah zu lösen. Wir haben ein Geschenk gerüstet, um den Sinn des Kaisers milde zu stimmen. Das Kostbarste, so wir hatten, stellten wir bereit, einen Stein von Schelomos Tempel, den unsere Vorväter fortgerettet nach des Tempels Zerstörung, und wir wollen ihn dem Kaiser bieten als Geschenk. Denn all sein Sinnen und Trachten in dieser Stunde geht dahin, ein Gotteshaus zu erbauen, herrlicher als je eines gewesen, und aus allen Ländern und Städten sammelt er das Herrlichste und Heiligste dafür. All dies haben wir willig und freudig getan. Aber wir erschraken, als wir hörten, was unsere Brüder in Rom von uns erhofften, wir sollten dir Zugang schaffen zu des Kaisers Gegenwart, daß du den heiligen Leuchter von ihm erbittest. Gewaltig erschraken wir, denn, der Herr ist in diesem Lande, Justinian, liebt uns nicht. Unduldsam ist sein Sinn gegen alle, die sich nicht genau zu seinem Glauben bekennen, gleichviel, ob sie Christen anderer Art sind oder Heiden oder Juden, und vielleicht ist unseres Bleibens in seinem Reiche nicht mehr lange, vielleicht treibt er baldig uns aus. Nie noch hat er einen der Unseren zugelassen vor sein Antlitz, und beschämten Herzens kam ich her in dieses Haus zu dieser Stunde, um dir sagen zu müssen: es ist unmöglich, was die Brüder fordern in Rom. Unmöglich ist es einem Juden, vor das Antlitz des Kaisers zu treten.«

Der Vorsteher schwieg in ein großes, fürchtiges Schweigen hinein. Alle senkten betroffen das Haupt. Wo war das Wunder? Wie sollte die Wende kommen, wenn der Kaiser sein Ohr, seinen Sinn dem Gottgesandten verschloß? Aber heller ward die Stimme des Vorstehers, da er jetzt weitersprach:

»Doch tröstlich und wunderbar, immer und immer wieder neu zu erfahren, daß bei Gott nichts unmöglich ist. Als ich bedrückten Herzens dieses Haus betrat, kam einer auf mich zu aus unserer Gemeinde, Zacharias, der Goldschmied, ein frommer und gerechter Mann, und brachte mir Kunde, daß der Wunsch unserer Brüder in Rom erfüllt sei. Während wir ziellos redeten und uns mühten, hat er in der Stille gewirkt, und was den Weisen und Weisesten unmöglich schien, auf geheime Weise getan. Sprich, Zacharias, und berichte.«

In einer rückwärtigen Reihe stand einer zögernd auf, ein kleiner, zarter und buckliger Mann, scheu und beschämt, daß alle so neugierig auf ihn blickten. Er senkte die Stirn, um sein Erröten zu verbergen, denn einsamer Werkmann, der er war, und immer im stillen beschäftigt, hatte er Angst vor Rede und Belauschtsein. Er hüstelte mehrmals, und seine Stimme blieb klein wie die eines Kindes.

»Nicht rühme mich, Rabbi«, flüsterte er leise, »nicht mein ist das Verdienst. Gott hat es mir leicht gemacht. Seit dreißig Jahren ist der Schatzmeister mir wohlgesinnt, seit dreißig Jahren werke ich für ihn Tag um Tag, und als das Volk vor wenigen Jahren aufstand gegen den Kaiser und die Häuser der Höflinge plünderte und verbrannte, barg ich ihn drei Tage lang mit Frau und Kind in meinem Hause, bis die Gefahr vorbei war. So wußte ich, er würde mir jede Bitte gewähren, doch nie hatte ich eine an ihn gestellt. Nun aber, da ich vernahm, Benjamin sei unterwegs, bat ich ihn zum erstenmal, und er ging zum Kaiser, ihm zu melden, große und geheime Botschaft käme für ihn über das Meer. Und Gott hat gewollt, daß seinen Worten Kraft inneward und der Kaiser ihm willfahrte. Morgen wird Benjamin und dem Vorsteher Zulaß gewährt sein in die Chalké, in des Kaisers Empfangssaal.«

Still und scheu setzte sich Zacharias wieder nieder. Alle schwiegen und schauerten. Denn schon dies war ein Wunder, noch nie gehört, daß ein Jude hintreten durfte vor das Antlitz des Unnahbaren. Ihre Seelen bebten, ihre Augen weiteten sich, und die Botschaft der Gnade flügelte über ihr ehrfürchtig Schweigen. Aber wie ein Verwundeter stöhnte Benjamin:

»O Gott, o Gott! Was ladet ihr mir auf! Mein Herz ist matt, und ich spreche die fremde Sprache nicht. Wie soll ich vor den Kaiser treten und warum gerade ich? Nur zum Zeugen ward ich berufen, nur zu schauen den Leuchter, nicht ihn zu fassen und zu erringen. Nicht mich wählt! Ein anderer möge sprechen. Ich bin zu alt, ich bin zu schwach!«

Alle erschraken. Ein Wunder war bereitet, und nun weigerte sich, der ihm erlesen war. Aber während sie scheu noch dachten, wie man vermöchte, den Zaghaften zu überreden, stand abermals leise von seinem Platze Zacharias auf. Anders war jetzt seine Stimme, entschlossen und fest.

»Nein, du mußt gehen und nur du. Gering war meine Mühe, und doch, nur für dich und für keinen andern hätte ich sie getan. Denn ich weiß, wenn einer von uns allen, so bringst du den Leuchter zum Frieden.«

Benjamin starrte auf. »Wie kannst du es wissen!«

Aber Zacharias wiederholte still und entschlossen: »Ich weiß es und weiß es seit langem. Nur du, wenn einer, bringt den Leuchter zum Frieden.«

Benjamin schwankte das Herz vor dieser Bestimmtheit. Er blickte Zacharias an, der ihn anblickte, bestärkend und lächelnd, und mit einemmal schien ihm, als hätte er sein Auge schon vordem gesehen. Auch der andere schien etwas von diesem Erkennen zu spüren, denn sein Lächeln ward heller, und wie vertraulich sprach er über die andern hinweg:

»Entsinnst du dich jener Nacht, entsinnst du dich eines, der damals mit der Gemeinde ging, Hyrkanos' ben Hillel?« Nun lächelte auch Benjamin. »Wie sollte ich mich seiner nicht entsinnen? Jedes Wort und jeden Schatten weiß ich von jener gesegneten Nacht.«

Zacharias fuhr fort. »Ich bin seines Enkels Sohn. Goldschmiede sind und bleiben wir alle, und wo ein Kaiser oder ein König Gold hat und Geschmeide und einen Former sucht und einen Schätzer, wählt er einen aus unserem Geschlecht. Hyrkanos ben Hillel hat zu Rom des Leuchters gehütet in seiner Gefangenschaft, und alle seines Geschlechts, wo immer wir auch seien, warten seitdem auf die Stunde, die ihn einem andern Schatzraum zur Hütung bringt, denn wo Schätze sind, da sind auch wir als Schätzer und Former. Meines Vaters Vater aber sagte es meinem Vater, und mein Vater übermachte es mir, daß nach jener Nacht, da dein Arm zerschlagen ward, Rabbi Elieser, der Reine und Klare, von dir gekündet, was du selbst nicht wußtest, ein unmündig Kind: ein Sinn muß sein in seiner Tat und in seinem Leiden. Wenn einer, so wird dieser den Leuchter erlösen.«

Alle bebten. Benjamin beugte das Haupt. Betroffen sagte er: »Kein Mensch ist gütiger zu mir gewesen denn Rabbi Elieser in jener Nacht, und heilig ist mir sein Wort. Verzeiht den Kleinmut meines Herzens. Einmal, ein Kind, bin auch ich ein Mutiger gewesen, nur die Zeit und das Alter hat mich zum Zagenden gemacht. Aber nochmals, ich bitte euch alle: nicht erwartet ein Wunder von mir! Wenn ihr verlangt, daß ich hingehe zu jenem, der den Leuchter hält, so will ich es versuchen, denn weh dem, der frommem Versuche sich weigert. Selbst bin ich ohne Macht des Worts und der Rede, doch vielleicht schenkt Gott mir das rechte Wort.«

Ganz klein hatte die Stimme Benjamins sich gebeugt, und sein Haupt lag tief unter der Last der Berufung. Leise bat er nur:

»Verzeiht, daß ich euch jetzt verlasse. Ich bin ein alter

Mann und müd vom Tag und von der Reise. Erlaubt, daß ich mich zur Ruhe begebe.«

Alle boten ihm ehrfürchtig Raum. Nur der eine, nur sein Begleiter Jojakim, der Unbändige, konnte die Ungeduld nicht verhalten, während er den Greis zur Ruhe brachte auf der bereiteten Stätte, und er fragte:

»Aber was wirst du ihm sagen morgen, dem Kaiser?«

Der Alte blickte nicht auf, nur wie zu sich selber murmelte er:

»Ich weiß nicht und will es nicht wissen und nicht denken. In mir ist keinerlei Macht. Alles muß mir gegeben werden, und alles von Ihm.«

Noch lange saßen in jener Nacht die Juden in Pera beisammen. Keiner konnte schlafen, unablässig redeten und berieten sie mit heißen, überwachen Augen. Noch nie hatten sie sich dem Wunderbaren so nahe gefühlt. Wie, wenn jetzt wirklich die Zerstreuung zu Ende wäre und die grausame Not der Fremde, das ewige Gejagt- und Getretensein, das tägliche, das nächtliche Ängsten vor der nächsten Stunde und dem nächsten Tag? Wie, wenn dieser Greis, der leibhaftig unter ihnen gesessen, wahrhaftig der Gesendete war, einer der Mächtigen des Wortes, wie sie einstens in diesem Volke aufgestanden und das Herz der Könige zu lenken gewußt zur Gerechtigkeit: Unausdenkbares Glück, unglaubhafte Gnade, die Heiligtümer heimführen zu können, den Tempel neu aufzubauen und in seinem Schatten zu wohnen – wie Trunkene sprachen sie davon, die ganze wirre lange Nacht, und immer hitziger ward ihre Zuversicht. Vergessen hatten sie die Mahnung des Greises, sie sollten kein Wunder erwarten von ihm, denn nichts anderes hatten sie als Juden in ihren heiligen Büchern gelernt, als an Gottes Wunder zu glauben, und wie anders konnten sie leben, sie, die Verstoßenen, die Gedrückten einer ewigen Verfolgtheit, als durch dieses ewige Warten auf die Erlösung? Und je mehr sie sich kürzte, desto länger schien ihnen die Nacht bis zum kommenden Tag, und sie vermochten ihre Herzen nicht mehr zu zügeln; unablässig blickten sie auf die Sanduhr, die ihnen zu langsam und zu träge rann, immer trat einer zum Fenster, immer wieder ein anderer hinaus auf die Gasse, ob der Frühschein nicht endlich glänzen wolle am Rand des verdunkelten Meeres und der Tag sich entzünden wie ihr eigenes brennendes Herz.

Harte Mühe hatte der Vorsteher, die Gemeinde zu zügeln, die sonst ihm willig gehorsam war. Denn alle wollten sie an diesem Tage nach Byzanz hinüber, alle Benjamin begleiten und harrend stehen vor dem Palaste, indes er mit dem Kaiser, dem Beherrscher der Welt, sprach, um selbst auch näher und mehr mit dem eigenen Leibe teilhaftig des Wunders zu sein. Aber strenge erinnerte sie der Vorsteher, wie gefährlich es sei, wenn sie in geschlossenem Zuge oder in auffälliger Masse erschienen vor des Kaisers Palast, denn feindselig war das Volk und immer und überall den Juden Aufsehen gefährlich. Nur mit harter Drohung konnte er erzwingen, daß sie alle im Gebethaus von Pera versammelt blieben und, unsichtbar den andern, beteten zu dem Unsichtbaren, während Benjamin vor den großen Herrscher geführt ward. Und so beteten sie und fasteten sie diesen ganzen Tag. Sie beteten so inbrünstig und stark jeder einzelne, als wäre das Heimweh aller Juden der Erde in jedes einzelnen kleinem Herzen enthalten, und ihr Sinn blieb verschlossen allen andern Gedanken der Welt außer diesem einen: jener möge das Wunder vollbringen und der Fluch der Fremde von dem Volke gnädig genommen werden.

Es war nahe bei Mittag, der vorgeschriebenen Zeit, da überschritt Benjamin mit dem Vorsteher der Gemeinde den weiten, viereckigen, säulenumstandenen Platz vor dem Palaste Justinians. Hinter ihnen schleppte Jojakim, der Junge, der Kräftige, auf den Schultern eine schwere verdeckte Last. Langsam, ruhig und ernst traten die beiden Greise in ihren dunklen, einfachen Gewändern auf die bronzene Pforte der Chalké zu, die den Eingang bildete zu dem prunkvollen Thronsaal der Kaiser von Byzanz. Aber lange über die vorgeschriebene Zeit mußten sie in der Vorhalle warten, denn es war berechneter Brauch des byzantinischen Hofes, Gesandte und Bittsteller endlos im Vorraum harren zu lassen, damit dies Warten innerlich sie belehre, welche außerordentliche Gnade ihnen zuteil ward, das Antlitz erschauen zu dürfen des Mächtigsten der Erde. Eine Stunde und eine zweite und eine dritte ließ man, ohne den beiden Greisen einen Schemel zu bieten oder einen Stuhl, sie gleichgültig herumstehen auf kaltem Marmor. Vorbei eilten an ihnen in müßiger Geschäftigkeit die Würdenträger und fetten Eunuchen, die Garden des Hofes und die in Farben funkelnden Diener, jedoch keiner kümmerte sich um sie, keiner blickte oder sprach sie an, indes von den Wänden bunt und kalt die ewig gleichen Mosaiken auf sie niederstarrten und von oben herab immer tiefer die säulengetragene Kuppel ihr üppiges Gold mit dem Einstrahl der Sonne vermischte. Aber Benjamin und der Vorsteher der Gemeinde harrten geduldig und still. Als Greise wußten sie wohl zu warten. Zu viel Zeit war an ihnen vorbeigeflossen, als daß eine Stunde oder zwei ihnen noch etwas galten. Nur Jojakim, der Junge, der Unruhige, blickte neugierig auf jeden, der ging oder kam, und zählte in seiner Ungeduld immer wieder die Steinchen auf den Mosaiken, um die unerträglich langsame Zeit zu kürzen.

Endlich, die Sonne stieg schon nieder vom Zenith, trat der Praepositus sacri cubiculi auf sie zu und unterwies sie in den Gebräuchen, die des Hofes geschriebenes Gesetz unerbittlich von jenen forderte, denen die Gnade zuteil ward, vor das Antlitz des Kaisers zu treten. Sobald die Tür sich auftue, belehrte er sie, müßten sie gesenkten Hauptes zwanzig Schritte schreiten bis an die Stelle, wo eine weiße Ader im farbigen Marmor der Fliesen eingelassen sei, aber nicht weiter sollten sie nahen, damit ihr Atem sich nicht mit jenem des Kaisers vermische. Und ehe sie wagen dürften, ihr Auge zu dem Autokratus zu erheben, hätten sie dreimal sich hinzuwerfen auf die Erde, die Arme und die Beine weit ausgestreckt. Dann erst sei es ihnen erlaubt, den Porphyrstufen des Thrones zu nahen, um die niederhängende Purpurschleppe des Basileus zu küssen.

»Nein«, eiferte Jojakim eifrig und leise, »nur vor Gott dürfen wir uns zur Erde beugen, nicht vor einem Menschen. Ich tue es nicht.«

»Schweig«, antwortete Benjamin streng, »warum soll ich die Erde nicht küssen? Hat sie nicht gleichfalls Gott geschaffen? Und selbst wenn es unrecht wäre, sich vor einem Menschen zu beugen, auch das Unrechte dürfen wir tun um des Heiligsten willen.«

In diesem Augenblick öffnete sich die elfenbeinerne Tür zum Empfangssaal. Eine kaukasische Gesandtschaft trat heraus, die gekommen war, dem Kaiser ihre Huldigung darzubringen. Hinter ihnen schloß sich lautlos die Tür, doch verwirrt noch blieben in ihren pelzenen Mützen und ihrer samtenen Tracht die Fremden stehen. Auf ihrem Antlitz malte sich große Verstörtheit: offenbar hatte Justinian sie hart oder herrisch angefahren, da sie ihm bloß Bündnis boten im Namen ihres Volkes statt völliger Unterwerfung. Jojakim starrte die Fremden und ihre absonderliche Kleidung neugierig an, aber schon gebot der Präpositus ihm, die verhüllte Last auf die Schulter zu nehmen und ermahnte die andern, ihm genauestens zu folgen. Dann schlug er leise mit seinem goldenen Stabe – es gab einen sehr dünnen, klingenden Ton – an die elfenbeinerne Tür. Lautlos ward sie nach innen aufgetan, und nun betraten die drei, denen sich auf einen Wink des Präpositus ein Dolmetsch gesellte, den weiträumigen Thronsaal der Kaiser von Byzanz, das Konsistorion.

Von der Tür bis zur Mitte des riesigen Raumes stand rechts und links ein Spalier von Soldaten, das sie zu durchschreiten hatten, eine rotgewandete, reglose Reihe, jeder Soldat das Schwert an der Hüfte, den vergoldeten Helm mit dem riesigen roten Roßschweif auf dem Haupt, eine hohe Lanze in der Hand und über den Schultern die fürchterliche doppelgeschliffene Hacke. Wie in einer Mauer Steine an Steine gefügt sind zu glatter Linie, gleich groß, ebenmäßig und fugenlos, so starrte dies Spalier gescharter Männer in unbeweglicher Geradheit, und ebenso steinern stockten hinter ihnen die Führer der Kohorten, die unbeweglich ihre Banner hielten. Langsam schritten die drei und der Dolmetsch durch diese atemlose, unbewegliche Wand von Menschen, die ihre Augen starr wie ihre Körper machten und von denen keiner auf sie blickte; lautlos im Lautlosen schritten sie gegen die Tiefe des Raumes zu, wo offenbar – denn noch durften sie die Augen nicht erheben – der Kaiser ihrer wartete. Aber als der Präpositus, der mit dem erhobenen goldenen Stabe ihnen voranging, stehenblieb und sie nun, wie es erlaubt war, die Augen aufhoben zu des Kaisers Thron, da war kein Thron da und kein Kaiser, sondern vor ihnen sperrte ein seidener Vorhang jede Sicht, breit durch die ganze Halle gespannt. Reglos standen und staunten die drei vor dieser farbig abwehrenden Wand.

Da erhob der Zeremonienmeister abermals den Stab. Und siehe, an unsichtbaren Schnüren rauschten knisternd die Vorhänge auseinander, und im Hintergrund erhob sich über drei Porphyrstufen der Thron mit dem juwelenübersäten Thronsessel, auf dem der Basileus saß, beschattet von einer Kuppel aus Gold. Starr saß er da, sein eigenes Bild mehr als sein Selbst, der feiste, mächtige Mann, und seine Stirn verschwand unter der strahlenden Aura der Krone, die rund wie ein Heiligenschein über und hinter seinem Haupte leuchtete. Ebenso zum Bilde erstarrt, standen um ihn im vertieften Kreise die Garden in ihren weißen Tuniken, golden behelmt, golden die Ketten um den Hals, und vor ihnen einzeln in weiten purpurnen Seidengewändern die Senatoren, die Würdenträger. Erloschen schien ihnen allen der Atem, erfroren der Blick, und sichtbar war die Absicht dieser gelernten Starrheit, daß jedem, der zum erstenmal vor das Antlitz des Weltherrn trete, selber das Herz vor Ehrfurcht erstarre.

Und in der Tat, erschrocken senkten der Vorsteher und Jojakim den Blick, wie es einem geschieht, der unvermutet in starke Sonne gesehen. Nur Benjamin, der Uralte, blickte klar und unerschüttert zu dem Kaiser auf. Denn zehn Kaiser und Herren Roms hatte er, der eine, in seinem weiten Leben überlebt; so wußte er, daß unter allen ihren kostbaren Insignien und Kronen die Kaiser doch sterbliche Menschen waren, die aßen und tranken, Kot ließen und Weiber beschliefen und hinstarben wie die andern. Seine Seele blieb fest und erschauerte nicht. Gelassen hob er den Blick, um in dem Auge des Herrschers zu lesen, den zu bitten er gesandt war.

Da fühlte er dringlich von rückwärts her die Schulter vom goldenen Stabe berührt, und sofort entsann er sich der geforderten Sitte. So schwer es seinen morschen Gliedern ward, er warf sich hin auf den kalten Marmor der Fliesen, die Hände, die Füße ausgestreckt, dreimal drückte er die Stirn auf den Boden, und sein verworrener Bart rauschte fremd über den fühllosen Stein. Dann erhob er sich, ihm half dabei Jojakim, sein Begleiter, schritt gebeugten Nackens bis zu den Stufen heran und küßte dem Kaiser den Saum des Purpurgewandes.

Unbeweglich blieb der Basileus. Seine Pupille starrte wie grüner Stein, das Lid regte, die Braue bewegte sich nicht. Hart blickte er hinweg über den Greis. Denn gleichgültig schien es ihm, dem Kaiser, was zu seinen Füßen geschah und welch Gewürm gerade den Saum seines Kleides bekroch.

Alle drei waren indes auf den Wink des Zeremonienmeisters neuerdings zurückgetreten und standen in einer Reihe, nur der Dolmetsch einen Schritt ihnen voran als ihr lebendiger Mund. Abermals hob der Präpositus den Stab. Nun begann der Dolmetsch seine Rede. Ein Jude sei dies, eigens hergewandert im Auftrag der andern von Rom, um dem Kaiser der Welt Dank und Glückwunsch zu bringen, daß er Rom an den Räubern gerächt und Meer und Land von diesen schlimmen Piraten erlöst. Und da sie vernommen hätten, die Juden der Welt, die dem Kaiser zu eigen sei, der Basileus wolle in seiner Weisheit ein Haus zu Ehren der heiligen Weisheit, Hagia Sophia, erbauen, ein Gotteshaus, das herrlicher und kostbarer sein solle als alle, die man bislang auf Erden gesehen, so hätte es sie trotz ihrer Armseligkeit gedrängt, ein Scherflein zur Heiligung dieses Baues beizusteuern. Klein sei ihre Gabe, gemessen an des Kaisers Herrlichkeit, aber doch das Höchste und Heiligste, was sie hätten von alters her. Als ihre Ahnen fortgewandert seien von Jeruscholajim, hätten sie einen Stein von Schelomos Tempel gerettet. Den brächten sie nun dar, daß er eingesetzt werde in die Grundmauern, damit von Schelomos heiligem Hause ein Teil und ein Segen in dem Hause Justinians sei.

Auf ein Zeichen des Präpositus holte Jojakim den schweren Stein heran und rückte ihn hin zu den Geschenken, welche die kaukasischen Gesandten zur Linken des Thrones gehäuft hatten, Pelze, hindustanisches Elfenbein und bestickte Kaschmire. Aber Justinian wandte seinen Blick weder zu dem Dolmetsch noch zu jener Gabe. Leer und gelangweilt blickte er über alle ins Leere hinweg und nur schläfrig regte sich jetzt seine Lippe, es klang ärgerlich und verächtlich:

»Frag, was sie begehren!«

Der Dolmetsch erläuterte in blumiger Rede, es befinde sich in der herrlichen Beute, die Belisar heimgebracht, ein geringes Stück, aber besonders teuer sei es diesem Volke. Denn der Leuchter mit den sieben Armen, welchen einstmals die Heiden über Meer und Länder hinweggeschleppt, sei geraubt aus Schelomos Tempel, dem Gotteshause der Juden. Darum wollten die Juden flehentlich den Kaiser bitten, er möge aus der Beute ihnen diesen Leuchter gewähren, und wollten seines Goldes Wert lösen mit dem Doppelten und dem Zehnfachen seines Gewichts. Kein Haus würde sein und keine Hütte, wo nicht alle Juden der Erde täglich Dank sprechen würden im Gebet für den gütigsten aller Kaiser und für die Dauer seiner Herrschaft.

Das Auge des Basileus blieb starr. Verdrossen erwiderte er:

»Ich will von Unchristen kein Gebet. Aber frag sie, was für eine Bewandtnis es hat mit dem Dinge und was sie vorhaben damit.«

Der Dolmetsch blickte auf Benjamin, während er die Worte ihm übersetzte, und ein Schauer fühlte dieser und eine Kälte in den Gliedern von des Kaisers kaltem Blick. Er spürte Widerstand, und Angst überkam ihn, er könnte ihn nicht besiegen. So hob er flehend die Hände:

»Herr, bedenke, es ist das einzige, was unserem Volke von seinen Heiligtümern verblieben. Unsere Stadt haben sie zerschlagen, unsere Mauern gefällt, unsern Tempel zerstört! Alles, was wir liebten und hatten und ehrten, ist in Vergängnis gefallen. Nur eines, dieser Leuchter, ist geblieben durch die Zeit. Tausend Jahre ist er alt, älter als alles auf Erden, und seit Hunderten Jahren wandert er heimatlos, und keine Ruhe wird unserem Volke, solange er wandert. Herr, erbarme dich unser! Dieser Leuchter ist das Letzte unserer Habe, gib uns ihn wieder! Bedenke, Gott hat dich aufgehoben aus der Tiefe in die Höhe und dich reich gemacht über alle, und wem er gab, der soll geben: so will es Gott. Herr, was ist dir das eine, was ist dir der wandernde Leuchter! Herr, laß es genug sein und gib ihm den Frieden!«

Der Dolmetsch übertrug mit höfischer Verschönerung die Rede. Gleichmütig lauschte der Kaiser. Aber kaum, daß er die Worte Benjamins hörte, daß aus der Tiefe der Herr ihn emporgehoben, verdunkelte sich sein Antlitz. Denn ungern ward Justinian daran erinnert, daß er, der Gottgleiche, als Sohn niederer Bauersleute in einem thrakischen Dorf geboren war. Scharf schob sich die Braue zusammen und schon spannte sich die Lippe zu abweisendem Wort.

Aber mit der Wachheit der Angst hatte Benjamin schon wahrgenommen, wie das verweigernde Wort auf der Lippe des Kaisers sich formte, und im Innern seines Herzens hörte er schon das furchtbare, das unwiderrufliche Nein. Und diese Angst riß ihn auf. Wie eine Faust von innen stieß sie ihn vor, und der Vorschrift vergessend, die verbot, die weiße Ader des Marmors zu überschreiten, trat er – alle erschraken – hart bis an den Thron heran, und ohne daß er es fühlte, fuhr die eigene Hand ihm beschwörend empor zum Kaiser:

»Herr, es gilt dein Reich, deine Stadt! Nicht überhebe dich und versuch nicht zu halten, was keiner bisher zu halten vermocht. Auch Babylon war groß und Rom und Karthago, und doch sind die Tempel gefallen, die ihn bargen, den Leuchter, und die Mauern stürzten, die ihn verschlossen. Er, nur er blieb unberührt und die andern fielen in Trümmer. Wer ihn zu halten versucht, dem zerschlägt er den Arm, wer ihn in Unruhe treibt, wird selber in Unrast fallen! Weh, wer behält, was nicht sein Eigen ist! Denn kein Frieden von Gott wird sein, ehe sein Heiliges nicht heimkehrt an seine heilige Stätte. Herr, ich warne dich! Gib den Leuchter zurück!«

Alle standen betäubt. Keiner hatte die wilden Worte verstanden. Nur dies hatten mit Schrecken die Würdenträger gesehen, daß einer gewagt, was noch keiner gewagt: in seiner Hitze sich zu nahen des Kaisers nächster Nähe und dem Mächtigsten der Erde vor seiner Rede das Wort zu reißen vom Munde. Schauernd blickten sie alle auf den Uralten, der dastand, geschüttelt vom Übermaß seines Schmerzes, Tränen im Bart und blitzend die Augen im Zorn. Weit hinter ihm duckte sich, zurückgewichen, der Vorsteher, weggetreten war der Dolmetsch, und immer noch ganz allein und ganz nahe, Blick in Blick, stand Benjamin vor dem Basileus.

Justinian war erwacht aus seiner Starre. Unsichern Blicks sah er auf den alten zorntrunkenen Mann und ungeduldig dann auf den Dolmetsch hin, daß er die Worte ihm übertrug. Der Dolmetsch tat es mit vorsichtiger Linderung. Der Kaiser möge in seiner Güte das Ungehörige dem alten Mann verzeihen, denn nur Sorge um das Wohl des Reiches habe ihn wirr gemacht. Er habe redlich den Kaiser warnen gewollt: ein furchtbarer Fluch sei von Gott gelegt auf dies Gerät. Wer es bewahre, dem bringe es Unheil, und jede Stadt, die es berge, fiele an den Feind. Als Pflicht hätte es der alte Mann darum empfunden, den Kaiser zu warnen und ihn zu mahnen, daß er den Fluch ablöse von jenem Gerät, indem er es rückgebe an den Ort seiner Herkunft, nach Jeruscholajim.

Justinian lauschte mit gespannter Stirn; Ärger war in ihm über die Vermessenheit dieses maßlosen alten Juden, der in seiner Gegenwart die Stimme erhoben und die Faust. Aber gleichzeitig erwachte Unruhe in ihm. Denn ein Bauernsohn, war er abergläubisch, und wie jedes Kind des Glücks fürchtete er sich sehr vor Zauber und Zeichen. Einige Zeit schwieg er und dachte nach. Dann befahl er trocken:

»Es sei. Man nehme das Ding aus der Beute und schaffe es nach Jeruscholajim!«

Der alte Mann erbebte, da der Dolmetsch die Worte übertrug. Wie ein weißer Blitz schlug die selige Kunde in ihn ein und erhellte sein Herz. Nun war alles erfüllt. Für diesen Augenblick hatte er gelebt. Für diesen Augenblick hatte Gott ihn aufgespart. Und ohne daß er es wußte und fühlte, hob er die eine, die unversehrte Hand und stieß sie zitternd empor, als wollte er in seinem Danke bis zu Gott aufgreifen.

Aber Justinian beobachtete scharf, wie des alten Mannes Gesicht sich hellte zur Freude. Eine schlimme Lust kam über ihn. Nicht sollte dieser verwegene Jude hingehen dürfen und vor seinem Volke sich rühmen: ich habe den Kaiser bestimmt und besiegt. Er lächelte böse und scharf:

»Nicht freu dich zu früh! Denn nicht euch Juden soll der Leuchter gehören und nicht dienen eurem falschen Dienst.«

Und er wandte sich zu Euphemius, dem Bischof, der rechts zu seiner Seite stand:

»Wenn du zu Neumond reisest, die neue Kirche zu weihen in Jeruscholajim, die Theodora gestiftet, so nimm den Leuchter mit. Aber nicht auf dem Altar soll er leuchten, sondern lichtlos gestellt sein unterhalb des Altars, damit jeder sichtbar sehe, wie unser Glaube steht über dem ihren und die Wahrheit über dem Irrtum. In der wahren Kirche soll er geborgen sein und nicht bei jenen, zu denen der Heiland gekommen und die ihn nicht erkannt.«

Der alte Mann erschrak. Er hatte die fremden Worte

nicht verstanden. Aber das böse Lächeln hatte er gefühlt und des Kaisers Mund und daß er etwas anbefahl, was wider ihn war. Flehend wollte er sich noch einmal hinwerfen, seinen Sinn zu wenden. Aber da hatte Justinian schon den Präpositus angeblickt. Dieser erhob den Stab, und die Vorhänge rauschten zu: verschwunden waren Kaiser und Thron, zu Ende der Empfang.

Betäubt stand der Greis vor der verschlossenen Wand. Da rührte von rückwärts der Zeremonienmeister ihm die Schulter, er müsse sich entfernen. Verdunkelten Blikkes wankte der Alte, gestützt von Jojakim, hinaus: zum andernmal, fühlte er, hatte Gott ihn zurückgestoßen, da das Heilige schon halb in seinen Händen war. Abermals war die Stunde versäumt. Abermals gehörte der Leuchter den Herren der Gewalt.

Wenige Schritte, nachdem sie den Palast des Kaisers verlassen, begann Benjamin, der abermals bitter geprüfte, plötzlich zu wanken. Mit aller Kraft mußten der Vorsteher und Jojakim den taumelnden Greis stützen. Sie trugen ihn in ein nahegelegenes Haus und betteten ihn hin. Ausgelöscht war die Farbe seines Gesichtes, geschlossenen Auges lag der Uralte da, und schon meinten sie, ihn umfange der Tod, denn schlaff hingen die blutlosen Hände herab, und da der Vorsteher ängstlich zum Herzen hintastete, pochte es nur noch zögernd und schwach. Als sei ihm alle Kraft in jenem vergeblichen Anruf vor dem Kaiser aus dem Leibe gefahren, so lag Stunden um Stunden der Greis in völliger Fühllosigkeit; doch mit einemmal – es dunkelte bereits der Abend herein – raffte zu gleichem Staunen der beiden dieser Todmüde jählings sich auf und starrte sie fremden Blickes an, wie einer, der vom Jenseits wiederkehrt. Dann aber sie erkennend, befahl er zu ihrer abermaligen Verwunderung mit heftiger Hast, sofort sollten sie ihn hinüberführen zum Bethaus von Pera, er wolle Abschied nehmen von der Gemeinde. Vergeblich, daß die beiden ihn mahnten, länger noch Rast zu halten und seines Leibes zu schonen: eigensinnig beharrte der Alte auf seinem Befehl, und sie mußten ihm willfahren. In einer Trage brachten sie ihn zu einem Boot und in dem Boote hinüber nach Pera. Wie ein Schlafender ließ er sich führen, leer das Auge, verschlossen der Mund.

Längst schon hatten unterdes die Juden in Pera des Kaisers Spruch und Bescheid vernommen. Aber zu heftig war ihnen vordem die Gewißheit des Wunders gewesen, als daß sie sich der bewilligten Heimkehr des Leuchters zu freuen vermochten. Viel, viel zu klein war diese eine Erfüllung für das unselige Übermaß ihres Hoffens. Denn sollte nicht abermals die Menorah ein fremdes Gotteshaus umschließen, und sie selbst, mußten sie nicht weiterhin irren und wesen in Verbannung und Fremde? Nein, es war nicht der Leuchter, um den sie gesorgt, es war ihr eigenes Schicksal! Wie Geschlagene saßen sie da, bedrückt und voll heimlichen Grolls. Ach, immer trog die Verheißung, ein Narr, wer ihr glaubte, und die Wunder, glorreich beschrieben in heiliger Schrift und schön im Himmel der Ferne, wie feurige Wolken leuchteten sie nur her von jenen gottnahen Zeiten, aber nie senkte eines sich mehr nieder in ihren täglichen Tag. Gott vergaß seines Volkes, er ließ, die einstens er auserlesen, gleichgültig allein in Trübsal und Kümmernis. Keine Propheten weckte er mehr, die sprachen in seinem Namen; töricht darum, unsichern Zeichen zu glauben und auf Wunder und Wende zu warten! Die Juden im Bethaus zu Pera, sie beteten nicht weiter, sie fasteten nicht mehr. Verdrossen saßen sie in den Ecken und kauten mit verbitterten Lippen gezwiebeltes Brot. Und nun, da die Erwartung des Wunders nicht mehr ihre Blicke erhellte, ihre Stirnen beglänzte, wurden sie wieder die kleinen, kläglichen Menschen, die sie vordem gewesen, arme, bedrückte Juden, und ihre Gedanken, die eben noch groß und mächtig zu Gott aufstrebten, eng und krämerisch wie ihr täglicher Tag. Sie maulten und rechneten und klagten einer dem andern, wozu sie gekommen den weiten, den teuren, den vergeblichen Weg, und es reuten sie die guten Gewänder, die sie abgenützt auf den Straßen, die versäumten Geschäfte und die verlorene Zeit. Im voraus fürchteten sie schon, heimzukehren in das Gespött der Ungläubigen und den Zank der harrenden Frauen. Und da immer das Herz des Menschen am grimmigsten gegen jenen sich wendet, der zuerst es erhoben, dann aber zurückwirft, enttäuscht, in die eigene Enge, häuften sie all ihren dunklen Groll gegen die römischen Brüder und gegen Benjamin, ihren falschen Boten: wahrlich, ein bitter Geprüfter nur war er, den Gott nicht liebte, und Bitteres ging aus von ihm. Als Marnefesch – es war schon nahe der Nacht – endlich im Bethaus erschien, wiesen sie ihm deutlich ihr verärgert Gefühl. Nicht wie vordem standen sie fürchtig auf bei seinem Nahen, nicht grüßten sie ihn; absichtlich hielten sie ihre Blicke weg: was ging er sie an, der alte Jude aus Rom! War er doch ohnmächtig wie sie alle, und Gott sah so wenig auf ihn wie auf ihr eigenes gebeugtes Geschick.

Benjamin spürte sogleich das Böse in dieser Stille, er spürte den abgewendet schweigenden, dumpfen, sumpfigen Groll. Er sah betrübt, wie unter den schiefen Stirnen die Blicke ihn mieden, und die Enttäuschung der andern erschütterte ihn wie eine eigene Schuld. So bat er den Vorsteher, die andern aufzurufen, er hätte noch ein Wort an die Gemeinde, und der Vorsteher tat nach seinem Begehren. Unwillig und verdrossen hoben sich der Kauernden Köpfe: was konnte er ihnen noch sagen, der Fremde, der falsche Versprecher? Und doch, Mitleid überkam sie, da sie jetzt den Uralten sahen, der, gestützt auf den Stock, mühsam von seinem Sitz sich hob; nicht ganz raffte er sich empor, sondern wie ein Gebückter, ein Gebeugter stand er, der Älteste von allen, vor ihrem Verstummen. Anstrengung ward ihm das Wort:

»Ich bin noch einmal gekommen, ihr Brüder, um von euch Abschied zu nehmen. Und auch, vor euch mich zu beugen, bin ich gekommen, denn wider Willen habe ich eure Herzen beschwert. Ungern, ihr wißt es, bin ich gegangen zum Kaiser, aber wie sollte ich euch wehren, da ihr selbst mich gefordert. Noch ein Kind, haben die Alten so mich genommen auf ihren Weg, aus dem Schlaf mich gerissen, der ich nicht wußte und nicht wollte, und immer sagten und kündeten sie, es sei meines Lebens Sinn, den Leuchter zu lösen. Glaubt mir, Brüder, furchtbar ist es, einer zu sein, den Gott immer ruft und doch niemals erhört, den er lockt mit Zeichen und sie nie dann erfüllt. Besser, daß ein solcher im Dunkel bliebe und keiner blickte und hörte auf ihn. So bitte ich euch: vergebt und vergeßt mich und fragt mir nicht nach! Nennt nicht den Namen mehr dessen, der der Unrechte war. Und wartet mit guter Geduld, bis endlich der Rechte ersteht, der das Volk und den Leuchter erlöst.«

Dreimal beugte sich der alte Mann vor der Gemeinde wie ein Schuldiger, der seine Schuld bekennt. Dreimal schlug er die Brust mit seiner kraftlosen linken Hand – die andere, die zerbrochene, hing schlaff nieder und leer –, dann raffte er sich auf und durchschritt den Raum bis zur Tür. Keiner regte sich, keiner antwortete ihm. Nur Jojakim, eingedenk seiner Pflicht, den Alten zu stützen, eilte ihm nach bis zur Schwelle. Aber dringlich wehrte Benjamin ab:

»Geh zurück nach Rom, und wenn sie fragen nach mir, so sage: Benjamin Marnefesch ist nicht mehr, und er ist nicht der Rechte gewesen. Sie sollen meinen Namen vergessen und mir kein Gebet sprechen des Gedenkens.

Ich will tot bleiben über meinen Tod und verloren dem Gedächtnis der Menschen. Du aber geh in Frieden und bekümmere dich um mich nicht mehr!«

Gehorsam blieb Jojakim an der Schwelle zurück. Beunruhigt sah er ihm nach und verwunderte sich, daß der Alte, mühsam gestützt auf seinen Stab, durch die fremde, enge Gasse der Richtung zutappte, wo der Weg die Hügel anstieg. Aber er wagte nicht, ihm zu folgen, und so starrte er nur hin, bis die gebeugte Gestalt sich völlig im Schatten verlor.

In jener Nacht haderte im achtundachtzigsten Jahre seines Lebens Benjamin, der allzeit ein Stiller und Geduldiger gewesen, zum erstenmal mit Gott. Gejagten Herzens war er wirr getappt durch die engen, winkligen Gassen von Pera, er selbst wußte nicht, wohin: nur fliehen wollte er in seiner brennenden Scham, sein Volk verlockt zu haben zu übermäßigem Hoffen. In irgendeinen verlorenen Winkel wollte er kriechen, wo keiner ihn kannte und er sterben konnte wie ein verendendes Tier. »Es war nicht meine Schuld«, murmelte er immer wieder vor sich hin, »warum lasteten sie die Erwartung des Wunders mir auf? Warum suchten sie mich, warum versuchten sie mich?« Aber der eigene Zuspruch beruhigte ihn nicht, weiter und weiter trieb ihn die Angst, irgendeiner könnte ihm folgen. Die Füße müdeten ihn längst und es bebten die morschen Knie, Schweiß brach aus der zerfalteten Stirn und lief ihm salzig-bitter über Lippe und Bart, heftig hämmerte das gequälte Herz in der schmerzenden Brust, aber wie ein Gejagter klomm der alte Mann, auf den Stekken gestützt, höher und höher den steilen Weg empor, der aus der Häuser Gewirr hügelwärts und ins Freie führte: nur keine Menschen mehr sehen und von keinem gesehen werden! Nur fort sein von Hausung und Herd, für immer verloren, vergessen, nur endlich erlöst sein von dem ewigen Wahn der Erlösung!

So war der taumelnde Greis – wie ein Trunkener tappte er sich fort – endlich hinaufgelangt in das hügelige Land über der Stadt, und dort im Leeren, gelehnt an eine schattende Pinie, die – aber er wußte es nicht – Wacht über einem Grabe stand, hielt er stockenden Herzens inne und atmete auf. Herbstlich klar glänzte die südliche Nacht, blank lag das Meer, geschupptes Silber, ein riesiger Fisch, und wie eine Schlange gekrümmt der nahe Bogen des Goldenen Horns. Jenseits der Bucht schlief im weißen Monde Byzanz mit glitzernden Kuppeln und Türmen, selten ging noch ein Licht im Hafen dahin, denn spät schon war es nach Mitternacht und kein Ton mehr wach von menschlicher Mühe; oben aber strich der Wind mit leisem, streifendem Klang durch die Weinberge, und jedesmal dann lösten sich von den abgeernteten Reben vergilbte Blätter los und flatterten langsam und lautlos zur Erde. Irgendwo nah mußten hier Kelter und Speicher sein, denn es roch, wenn der Wind innehielt, satt und säuerlich, Geruch der Vergängnis, und mit bebenden Nüstern atmete der alte, ermüdete Mann den feuchten, fauligen Brodem in sich: ach, selber Erde werden, ach, selber so hinsinken wie diese kreiselnden Blätter, gehen, vergehen! Nur nicht zurück mehr, nicht nochmals sich spannen und quälen, endlich erlöst sein von der eigenen Last! Und als nun mächtig die Stille ihn andrang und er gewiß war seines Alleinseins, überkam ihn unbändig Verlangen nach ewiger Stille, und in das Schweigen hinein hob er seine Stimme zu Gott, halb in Klage, halb im Gebet: »Herr, ich will sterben! Wozu lebe ich noch, unnütz mir selbst und allen zum Hohn und Beschwer? Was sparst du mich auf und weißt doch, ich will nicht mehr! Söhne habe ich gezeugt, sieben, männlich und dürstig des Lebens ein jeder, und warf doch, ihr Vater, allen sieben die Schollen ins Grab. Einen Enkelsohn hattest du mir gegeben, jung und hell, noch unkund der Lust der Frauen und der Süße des Daseins, aber die Heiden schlugen ihn hart; nicht sterben wollte er, nein, nicht sterben, vier Tage rang er verwundet wider den Tod und doch nahmst du ihn, der leben gewollt, und mich, der bebt von Sterbens Lust und Begierde, mich stößest du zurück. Herr, was willst du von mir, der ich nicht will und der ich mich wehre! Ein Kind noch, riß man mich auf, und gehorsam bin ich gegangen, doch täuschen muß ich, die an mich glaubten, und die Zeichen, sie waren Verrat. Herr, laß es genug sein! Ich habe versagt, so wirf mich hinweg! Achtzig und acht Jahre habe ich gelebt, achtzig und acht vergebens gewartet, daß ein Sinn wäre in meinem Überdauern und eine Tat entwüchse meiner Treue zu dir. Aber nun bin ich müde. Herr, ich will, ich kann nicht mehr! Herr, laß es genug sein! Herr, laß mich sterben!«

Erhobener Stimme bat und betete der alte Mann, sehnsüchtig hob er den Blick empor in den Himmel, der leidenschaftlich mit Sternen glänzte und heftig funkelte von ihrem versprengten Licht. Er stand und wartete, der alte Mann: würde Gott ihm Antwort geben, endlich zum erstenmal? Geduldig wartete er, und allmählich fiel die Hand, die er unbewußt erhoben, leise herab und Müdigkeit kam über ihn, unermeßliche Müdigkeit. Ein betäubendes Hämmern fühlte er auf einmal in den Schläfen und gleichzeitig ein Ziehen und Schwanken in Fuß und Knie; ohne daß er es wollte und wußte, glitt er nieder in süßer Entkräftung, und er ließ sich niedergleiten, schwer und leicht zugleich, als wäre sein Leib entblutet. Aber wie eine Lust fühlte er diese Schwäche. »Das ist der Tod«, dachte er dankbar, »Gott hat mich erhört.« Und fromm und still streckte er das Haupt auf die Erde, die herbstlich nach Vergängnis roch. »Ich hätte mein Sterbehemd anziehen sollen«, erinnerte er sich noch dumpf, aber schon war er zu müd, nur unbewußt zog er den

Mantel enger an sich. Dann schloß er die Augen und wartete mit Zuversicht auf den erbetenen Tod.

Aber es kam nicht der Tod zu Benjamin, dem bitter Geprüften, in jener Nacht. Nur ein Schlaf umfaßte zärtlich und eng den ausgemüdeten Leib und füllte den innern Blick ihm mit Bild und Traum.

Dies aber war der Traum, den Benjamin träumte in jener Nacht seiner letzten Prüfung. Noch einmal ging und tappte und flüchtete er durch die engen, dumpfen, dunkelnden Gassen von Pera, nur dunkler noch war jetzt ihr Dunkel, als es vordem gewesen, und schwarz und verwölkt der Himmel über Höhe und First. Und bis in den Traum erschrak er noch einmal, daß das Herz ihm hart an die Brust schlug, als er Schritte hinter sich hörte, und abermals überkam ihn wie vordem die Angst, einer könnte ihm folgen, und abermals flüchtete er fort. Aber immer waren die Schritte noch da, vor ihm, hinter ihm, und nun auch rings in dem schweren und leeren, im schwarzen Gefild. Er konnte nicht sehen, wer jene waren, die da gingen zur Rechten, zur Linken und vor und hinter ihm, aber viele mußten es sein, eine große wandernde Schar, er unterschied die schweren Schritte von Männern, und spangenklingend, die leichteren der Frauen und der Kinder schwebenden Fuß. Ein ganzes Volk mußte es sein, das da hinzog durch die mondlos metallene Nacht, und ein trauerndes Volk, ein bedrücktes. Denn ständig ging dumpfes Stöhnen und Murmeln und Rufen aus ihren unsichtbaren Reihen, und er fühlte, sicherlich gingen sie schon so seit undenklicher Zeit, längst müde der erzwungenen Wanderschaft und des Nichtwissens, wohin. »Wer ist dies verlorene Volk?« hörte er sich selber fragen. »Warum ist ihm und gerade ihm der Himmel verhangen? Warum wird ihm und ihm allein keine Rast?« Aber er ahnte es nicht in seinem

Traum, wer diese Wandernden waren, und doch faßte Mitleid ihn brüderlich an; furchtbarer noch als klingende Klage bedrückte ihn dies Sehnen und Stöhnen im Unsichtbaren. Und unbewußt murmelte er: »Man kann doch nicht ewig so gehen, immer im Dunkeln und unkund des Wegs. Kein Volk kann so leben ohne Heimstatt und Ziel, wandernd und ewig umgrenzt von Gefahr. Ein Licht müßte man ihnen entzünden, einen Weg ihnen weisen, sonst verzagt und verdorrt es, dies gejagte, verlorene Volk. Führen müßte es einer und heimführen, einen Weg ihnen allen erhellen. Ein Licht müßte man finden, sie brauchen ein Licht.«

Die Augen brannten ihm vor Schmerz, so faßte ihn Mitleid mit diesem verlorenen Volk, das da, leise klagend und schon verzagend, hinging durch die lautlos lauernde Nacht. Doch da er verzweifelt die Ferne ausmaß, da war ihm, als ob am letzten Rand seiner Schau ein leises Leuchten erglänzte, leise, leiseste Spur eines Lichts, ein Fünkchen bloß oder zwei, flirrend wie Irrlicht im Dunkeln. »Man muß ihm nach«, murmelte er, »auch wenn es ein Irrlicht ist. Vielleicht kann man an Kleinem ein Großes entzünden. Man muß es herbringen, das Licht.« Und im Traume vergaß Benjamin, daß seine Glieder alt waren und morsch; wie ein Knabe, flink und beflügelt mit springenden Sohlen, lief er, das Licht zu fassen. Mitten durch die murrende, schattende Masse des Volkes drängte er wild, das mißtrauisch-bös vor ihm wich. »So seht doch das Licht, dort drüben das Licht«, rief er tröstend ihnen zu. Doch gesenkter Stirn und stöhnenden Herzens gingen sie stumpf und dumpf, die Gedrückten, sie sahen es nicht, das ferne Licht, vielleicht schon waren ihre Augen von Tränen erblindet und ihre Herzen erlahmt an der allzu täglichen Not. Er aber gewahrte deutlich und immer deutlicher das Licht, sieben kleine Funken waren es, die nebeneinander schwesterlich schwebten, und nun er näher lief und lief – schon dröhnte ihm das Herz –, erkannte er, daß irgendwo ein Leuchter sein müsse, siebenarmig, der diese kleinen Flammen speiste und hielt. Aber auch dieser Leuchter – noch sah er ihn nicht – stand nicht still, auch er wanderte, wie jene hinwanderten im Dunkeln, geheimnisvoll gejagt und getrieben von bösem Wind, und darum leuchteten die fliegenden Flammen nicht still und grad, darum erhellten sie nicht, sondern wehten unsicher und klein. »Man muß ihn fassen, man muß ihn zur Ruhe bringen, den Leuchter«, dachte der Träumende, während sein eigenes Traumbild lief und lief, »denn wie hell würde er strahlen, hätte er Ruhe und Stand! Wie würde es blühen und wirken, dies Volk, dies geprüfte, hätte es Heimat und Rast!« Blindlings rannte er nach, es war wie ein Flug, und näher und näher kam er dem Leuchter, schon sah er den goldenen Stamm und die steigenden Schäfte und in den sieben Knäufen von Gold die sieben Flammen, eine jede vom Winde gedrückt, der wild diesen Leuchter weiter und weiter hintrieb über Länder und Berge und Meer. »Bleibe! Halt inne!« stöhnte er ihm nach. »Das Volk vergeht! Es braucht die Tröstung des Lichts, und es kann nicht ewig so im Dunkel wandern.« Doch weiter und weiter entschwebte der Leuchter, listig und bös blinzelten seine fliehenden Flammen. Da faßte den Jagenden Zorn; eine letzte Kraft raffte er auf, wie ein Hammer schlug ihm jetzt das Herz, in seinem Sprung setzte er dem Flüchtigen nach, in die Faust ihn zu fassen. Schon fühlte sein starker Griff das kühle Metall, schon faßte, schon hielt er den schweren Stamm – da schlug gewaltsam ein Donner ihn nieder, schmerzhaft krachte der splitternde Arm. Und im eigenen Schrei hörte er tausendfach des Volkes aufschreiende Klage: »Verloren! Für immer verloren!«

Aber siehe, da erlosch der Sturm, groß und gerade

schwebte mit einmal der Leuchter empor und hielt inne im wandernden Fluge. Mitten im Luftigen blieb er in Schwebe, so still und gerade wie auf ehernem Stand. Seine sieben Flammen, bislang gedrückt in der wehenden Flucht des Windes, nun falteten sie golden sich auf und begannen zu leuchten, zu strahlen. Stärker und stärker leuchteten sie, und allmählich erhellte ihr goldener Schein golden die Tiefe. Und da der Hingestürzte verwirrt nun aufblickte nach jenen Wandernden hinter sich im Dunkel, da war nicht mehr Nacht auf der weglosen Erde und nicht mehr ein wanderndes Volk; fruchtbar und friedlich lag, geschmiegt an das Meer und beschattet von Bergen, ein südliches Land, Palmen und Zedern schwankten in zärtlicher Brise, und es blühte der Wein und goldete das Getreide, es weideten Schafe und mit sanftem Fuße eilte die Gazelle. Friedlich werkten die Menschen auf heimischer Erde, sie zogen das Wasser der Brunnen und führten den Pflug, sie melkten und harkten und säten und säumten ihr Haus mit Ranken und buntem Gebüsch. Kinder gingen dahin und sangen, von den Herden klang der Hirten Schalmei und nachts standen über den schlafenden Häusern die Sterne des Friedens. »Was für ein Land ist dies?« fragte sich staunend der Träumende aus seinem Traum, »und ist dieses Volk noch das gleiche, das vormals im Dunkel ging? Hat es endlich den Frieden gefunden, ist es endlich daheim?« Aber da schwebte der Leuchter neuerdings höher empor: wie eine Sonne erhellte sein Schein jetzt auch die Ränder des Himmels über dem ruhenden Land. Berge enthüllten beglänzt ihren Scheitel, und auf einem der Hügel leuchtete weiß mit mächtigen Zinnen eine ragende Stadt und über den Zinnen wuchtete riesig ein Haus aus gequadertem Stein. Dem Schlafenden bebte das Herz. »Dies muß Jeruscholajim sein und der Tempel«, atmete er heftig. Aber da schwebte der Leuchter schon weiter und der

Stadt und dem Tempel entgegen. Wie weichendes Wasser ließen die Mauern ihn ein, und nun er innen im Heiligen schwebte, erglühte gleich alabasterner Schale das Gehäuse des Tempels. »Er ist heimgekehrt«, bebte der Schlafende in seinem Schlaf. »Irgendeiner hat getan, was immer ich ersehnte, irgendeiner hat den wandernden Leuchter erlöst. Ich muß es eigenen Auges sehen, ich der Zeuge! Einmal, noch einmal will ich die Menorah schauen in ihrer Rast an Gottes heiliger Stätte.« Und siehe, wie eine Wolke trug sein Wunsch ihn dahin, auf sprangen die Tore, und er trat ein in den heiligsten Raum, den Leuchter zu schauen. Aber unsagbar stark war das Licht. Wie weißes Feuer lohten die sieben Flammen des Leuchters zusammen, und so schmerzhaft brannte ihre zehrende Helle ihm ins Aug', daß er aufschrie in seinem Traum. Er erwachte.

Benjamin war erwacht aus seinem Traum. Aber noch immer glühte schmerzhaft jenes Feuer ihm ins Auge, jäh mußte er die Lider schließen gegen den heißen Anprall des Lichts, und selbst dann wogte noch purpurrot und funkelnd unter ihnen das Blut. Erst als er beschattend die Hand erhob, erkannte er, daß es Sonne war, die ihm so schmerzhaft ins Antlitz brannte, und er eingeschlafen gelegen an der Stelle, da er zu sterben vermeint, vom Ende der Nacht bis zur Frühe; jetzt erst hatte durch das Gezweige des Baums das steigende Licht ihn erreicht und erweckt. Verworren tastete Benjamin, mühsam sich aufrankend an dem Stamme, mit dem Blick in die Tiefe hinab: siehe, da lag das Meer, unendlich in seinem weiten Azur, wie er es zum erstenmal, ein Knabe, gesehen, und glitzernd in Marmor und Stein Byzanz. Mit Farbe und Glanz eines südlichen Morgens anglühte ihn die Welt – nein, Gott hatte nicht gewollt, daß er sterbe! Fürchtig beugte sich der alte Mann und senkte die Stirn im Gebet.

Als Benjamin sein Gebet geendet an den, der das Leben gibt und bemißt nach seinem Willen und Ratschluß, fühlte er leise von rückwärts sich angerührt. Es war Zacharias, der hinter ihm stand und, Benjamin ahnte es gleich, lange schon wachsam ob seines Schlummers gewartet. Und ehe der Greis sein Staunen bewältigt – denn wie wußte jener seinen Weg und wie fand er die Stätte seiner Rast? –, flüsterte Zacharias: »Seit dem frühen Morgen suche ich dich. Und als sie mir sagten in Pera, du seiest hügelauf gewandert des Nachts, rastete ich nicht, bis ich dich fand. Die andern sorgten um dich sich sehr. Ich aber sorgte mich nicht. Denn ich weiß, daß Gott dich noch will. Doch nun komm hinab in mein Haus. Ich habe Botschaft für dich.«

»Welche Botschaft?« wollte Benjamin fragen. Und »Ich will keine Botschaft mehr«, wollte er starrsinnig sagen, »zu oft hat Gott mich versucht.« Aber noch wogte in ihm die Tröstlichkeit des Traums, und von dem Licht, das in jenem Friedensland so selig erstrahlt, meinte er milden Widerschein im lächelnden Blicke des Freundes zu schauen. So weigerte er sich nicht, und sie schritten hinab; im Boot setzten sie über und kamen zu dem ummauerten Geviert des Palasts. Streng standen die Wächter an den Toren des Kaiserbezirks, aber – Benjamin staunte abermals – willig gewährten sie Zacharias Einlaß. »Meine Werkstatt stößt«, erklärte er, »an die Schatzkammer, darin geheim und geschützt vor Gefahr ich schaffe für den Kaiser. Tritt ein, und gesegnet sei dein Kommen! Bange nicht vor den andern: wir sind und bleiben allein.«

Die beiden Männer schlurften leise durch die Werkstatt, die in unsicherer Dämmerung schimmerte von kunstvoll getriebenen Gegenständen: an einer verborgenen Stelle öffnete der Goldschmied eine kleine Pforte, die ein paar

Stufen hinabführte in ein rückwärts gelegenes Gemach, darin seine Wohnstatt und Stätte der eigenen Arbeit war. Verschlossen und vergittert waren die Fenster, im völligen Dunkel vergingen die Wände, nur auf den Tisch warf die beschirmte Werklampe einen kleinen goldenen Kreis gesparten Lichts.

»Setze dich, Lieber«, sagte Zacharias zu seinem Gast, »du wirst hungrig und müde sein.«

Er räumte die Arbeit vom Tisch, brachte Brot und Wein und einige schön getriebene Silberschalen, in die er Früchte legte, Datteln, Nüsse und Mandeln. Dann hob er ein wenig den Schirm der Lampe. Der Lichtkreis erweiterte sich, überfloß den ganzen Tisch und erhellte die vergreisten knochigen Hände Benjamins, die wie erschöpft ineinandergefaltet lagen.

»Iß, mein Lieber«, ermunterte Zacharias; weich und vertraut schien Benjamin, dem bitter Geprüften, diese fremde Stimme, wie ein süßer Wind kam sie zu ihm aus einem fernen Land. Gerne griff er nach den Früchten, langsam brach er das Brot, mit stillen, kleinen Schlucken trank er den purpurn im Lichte erglühenden Wein. Lieb war es ihm, daß er schweigend warten durfte und sich sammeln. Lieb war es ihm, daß gleich oberhalb des belichteten Kreises das Dunkel begann. Lieb war ihm dieser fremde Mann und wie von Kindheit vertraut. Manchmal versuchte er scheu und schüchtern anzusehen, den er im Dunkel sich gegenüber spürte mit dem leisen Gehaben der zarten Besorgnis.

Aber als ob er dies Verlangen nach vertrauter Nähe gespürt hätte, hob Zacharias den Schirm jetzt gänzlich von der Lampe. Das Licht, bisher niedergedrückt auf den Tisch, zerstreute sich hell im ganzen Raum. Zum erstenmal sah Benjamin von nah den bisher nur flüchtig gesehenen Freund, das zarte, kränkliche, ermüdete Antlitz, in das wie mit feinen Griffeln unzählige Falten gegraben waren: Antlitz verschwiegenen Leidens und stillwerkender Geduld. Und als jetzt jener die gesenkten Lider hob und offen die Augen ihn anblickten, begann in ihren Sternen ein warmes Rieseln und Glänzen: Zacharias lächelte ihm zu.

Dies Lächeln gab dem alten Manne Mut:

»Wie anders bist du zu mir als die andern. Böse sind sie mir alle geworden, weil ich nicht das Wunder gewirkt, und ich hatte sie doch beschworen, sie sollten kein Wunder erwarten. Nur du, der den Weg mir aufgetan zum Herrscher, nur du zürnst mir nicht. Und doch, sie haben recht, wenn sie meiner nun spotten. Warum habe ich Hoffnung erweckt, warum bin ich gekommen? Wozu lebe ich noch, um zu sehen, wie der Leuchter wieder wandert und uns meidet?!«

Zacharias aber lächelte noch immer ihm zu, und aus diesem weichen und starken Lächeln kam Trost:

»Nicht lehne dich auf. Vielleicht war es zu früh noch und unser Weg nicht der rechte. Denn was soll uns der Leuchter, solange der Tempel in Trümmern liegt und das Volk umgeht in der Fremde? Vielleicht will es Gott, daß des Leuchters Geschick noch Geheimnis bleibe und nicht offenbar werde dem Volke.«

Benjamin fühlte den Trost. Die Worte wärmten sein Herz. Er beugte das Haupt und sprach wie zu sich selbst:

»Verzeih meinen Kleinmut. Aber eng ist mein Leben geworden und zu nah schon dem Tod. Achtundachtzig Jahre hab' ich bestanden; da will das Herz nicht mehr warten. Seit ich den Leuchter retten wollte, ein Kind, hab' ich nur einem gelebt: seiner Wiederkehr und Erlösung, und von Jahr zu Jahr harrte ich getreu in Geduld. Nun ward ich ein Greis; wie vermöchte ich länger zu hoffen, zu warten?«

»Du mußt nicht mehr warten. In Bälde ist alles erfüllt!«

Benjamin starrte auf. Das Herz schlug heftige Hoffnung.

Stärker lächelte Zacharias ihm zu:

»Spürst du nicht, daß ich kam, dir Botschaft zu bringen?«

»Welche Botschaft?«

»Die Botschaft, die du erwartest.«

Benjamin erbebte bis zu den Händen herab. Mit einemmal zitterten sie wie schwankes Laub im Wind, die noch eben müd auf dem Tische geruht.

»Du meinst . . . du meinst, ich könnte es noch ein zweites Mal dem Kaiser . . .«

»Nein, nicht das. Was er einmal gesagt, nimmt er nie mehr zurück. Er gibt die Menorah nicht wieder.«

»Wozu dann mein Bleiben, mein Leben? Was soll ich hier warten und klagen, allen andern zur Last, und das heilige Zeichen geht fort und ist für immer dahin?«

Aber Zacharias lächelte noch immer, und stark und stärker erhellte das Lächeln ihm Auge und Mund:

»Noch ist der Leuchter nicht von uns gegangen.«

»Wie kannst du es wissen? Wie kannst du es sagen?«

»Ich weiß es. Vertrau mir!«

»Du hast ihn gesehen?«

»Ich hab ihn gesehen. Vor zwei Stunden noch war er im Schatzraum verschlossen.«

»Aber jetzt? Sie haben ihn fortgebracht.«

»Noch nicht! Noch nicht!«

»Doch jetzt? Wo ist er?«

Zacharias antwortete nicht gleich. Zweimal zitterte ihm schon aufgetan die Lippe, aber das Wort brach nicht durch. Endlich beugte er sich näher über den Tisch und hauchte, wie man ein Geheimnis flüstert:

»Hier! Bei mir! Bei uns beiden!«

Benjamin zuckte auf, als hätte ihm einer ins Herz geschlagen:

»Bei dir?«

»Bei mir hier im Hause.«

»Bei dir hier im Hause?«

»In diesem Hause. In diesem Raum. Darum suchte ich dich.«

Benjamin bebte. In der Ruhe dieses Mannes war etwas, was ihn betäubte. Ohne daß er es wußte, hatten seine Hände sich gefaltet, und kaum hörbar flüsterte er:

»Bei dir? Wie kann das sein?«

»So sonderbar es dir auch dünke, es ist keinerlei Wunder. Seit dreißig Jahren wirke ich als Goldschmied hier im Palast, und kein Stück birgt der Schatz, den sie nicht zuvor in meine Werkstatt gesendet, damit ich es wäge und prüfe. Auch diesmal, ich weiß es, wird alles, was Belisar von den Vandalen gebeutet, mir übermacht werden, daß ich es schätze nach Wert und Gewicht, und als erstes erbat ich den Leuchter. Gestern brachten ihn des Schatzmeisters Knechte: sieben Tage ist mir verstattet, ihn zu bewahren.«

»Und dann?«

»Dann trägt das Schiff ihn hinüber.«

Benjamin erblaßte von neuem. Wozu ihn dann rufen? Daß er der Zeuge sei aber und abermals, wie der Leuchter, der heilige, nah war und wieder und wieder geraubt wurde?

Aber bedeutsam lächelte Zacharias ihm zu:

»Doch auch dies ist mir verstattet, daß ich von allem Kostbaren der kaiserlichen Kammer Abbilder forme. Oft, wo nur eines im Schatz ist von einem Werke, begehren sie von mir, daß ich ein zweites gleicher Art dazu schaffe, denn sie vertrauen meiner Hand. Nach Konstantins Krone schmiedete ich jene Justinians, und für Theodora das Diadem, dessen gleiches einst Kleopatra trug. So habe ich Erlaubnis erbeten, ein Abbild des Leuchters nachzuahmen, ehe er in die neue Kirche jenseits des Meeres gesandt wird, und noch heut beginn' ich das Werk. Schon sind die Tiegel gehitzt, schon habe das Gold ich bereitet; in sieben Tagen ist ein neuer Leuchter gefertigt, so völlig dem unsern gleich, daß niemand den einen wird unterscheiden können vom andern, denn völlig wie jener wird er sein im Gewicht, in Form auch und Zierung und gleich die Körnung des Golds. Nur heilig wird der eine sein und irdische Arbeit der andere. Doch welcher von beiden der heilige ist und welcher der andere, welchen wir selber in Frommheit bewahren und welchen wir jenen hingeben auf den Weg in die Fremde, das soll von nun an nur zweier Menschen Geheimnis sein: das meine, das deine.«

Benjamin fühlte das Beben auf seinen Lippen nicht mehr. Die Welle des Bluts ging mit einmal weich und warm durch seinen ganzen Leib, die Brust spannte, die Augen erhellten sich, wie ein Widerschein begann des andern Lächeln auf seinem zerknitterten alten Gesicht. Er verstand. Was er selbst einst versucht, das vollbrachte nun dieser. Er nahm den Leuchter zurück von den andern, Gleiches für Gleiches erstattend in Gold und Gewicht und nur das Heilige rettend. Aber er neidete nicht Zacharias die Tat, die zu tun bislang der Sinn seines Lebens gewesen. Nur demütig sagte er:

»Gott sei gelobt. Nun sterbe ich gern. Du hast den Weg gefunden, den ich vergebens gesucht. Mich hat Gott nur gerufen. Dich hat er gesegnet.«

Aber Zacharias wehrte ab:

»Nein. Wenn einer, so bringst du und nur du den Leuchter der Heimat zurück.«

»Nicht ich. Ich bin ein alter Mann. Ich kann sterben am Wege, und abermals fällt er in fremde Hand.«

Aber Zacharias lächelte stark und bestimmt:

»Du wirst nicht sterben. Selber weißt du nun schon: dein Leben vergeht nicht, bevor sich sein Sinn erfüllt.«

Benjamin erinnerte sich: gestern hatte er sterben gewollt, und Gott hatte den Wunsch ihm versagt. Vielleicht war ihm wahrhaft noch Auftrag gegeben. So weigerte er sich nicht länger und sagte nur:

»Ich habe keinen Willen wider seinen Willen. Wenn Gott mich wahrhaft wählt, wie sollte ich mich wehren? Geh und beginne!«

Sieben Tage blieb die Werkstatt Zacharias', des Goldschmieds, jedem Zugang verschlossen. Sieben Tage betrat sein Fuß nicht die Gasse und keinem Klopfen auf tat sich das Haus. Vor ihm stand auf erhöhtem Gestelle der ewige Leuchter, still und groß, wie er einstens gestanden vor dem Altar des Herrn; in dem Ofen zuckte indes mit schweigsamen Zungen das Feuer und schmolz das aus Ringen und Spangen und Münzen zerschlagene Gold. Benjamin sprach in diesen sieben Tagen kein Wort. Er sah zu, wie die gärende Masse feurig im Tiegel wogte und wie die ausgegossene wiederum fügsam einströmte in die vorbereiteten Formen und härtend sich kühlte. Als Zacharias dann vorsichtigen Spachtelschlags die Hülle zerbrach, war des neuen Leuchters Gestalt ungefähr schon erkenntlich. Stark und steil wuchs von der Stütze des Untersatzes der Strunk empor, von ihm brachen rund gebogen die sieben Schäfte wie Stengel vom Stamm, deutlich formten sich Kelche daran, bestimmt, die Lichter zu halten, und in die noch glatten Flächen zeichnete schärfer und schärfer des Goldschmieds unermüdlich hämmernde und feilende Hand genau die gleichen zarten Ornamente der Blumen und Blüten, wie sie den heiligen schmückten. Ähnlicher wurde von einem Tag zum andern der eben erst werdende Leuchter dem tausendjährigen, das neue Gebild dem heiligen Urbild. Und am letzten, am siebenten Tag standen die beiden einander gegenüber wie Zwillingsgebrüder, nicht zu unterscheiden einer vom andern dank völliger Gleichheit in Größe und Farbe, Maß und Gewicht. Aber immer und immer verglich ruhelos mit seinem geübten Blick Zacharias die beiden, immer wieder kerbte und bosselte er weiter mit dem feinsten Stichel und der spitzesten Feile an seinem geliebtesten Werk. Schließlich senkte er ablassend die Hand. Kein Unterschied war mehr zu erspähen und so getreulich ähnlich waren die beiden, einer dem andern, daß, um sich nicht selber zu täuschen, Zacharias jetzt zum letztenmal den Stichel faßte und in den verschatteten innern Stempel einer Blüte winzig ein Zeichen einritzte, daß dieser, der neue Leuchter, sein eigenes Werk sei und nicht jener des Volks und des Tempels.

Dies vollendet, trat er zurück, zog den ledernen Schurz ab und wusch sich die Hände. Nach sieben Tagen des Werks sprach er zu Benjamin wieder zum erstenmal:

»Mein Dienst ist getan. Nun beginnt der deine. Nimm unsern Leuchter und tu damit nach deinem Bedünken.«

Aber zu seinem Verwundern wehrte Benjamin ab:

»Sieben Tage hast du gewerkt und sieben Tage habe ich gedacht und mein Herz befragt. Ein Bangen ist über mich gekommen, ob unser Tun nicht Betrug sei. Denn eines hast du genommen und ein anderes gibst du jenen zurück, die dir willig vertrauten. Nein, es geht nicht an, daß wir heimsenden den unrechten und jenen behalten, daß krumm wir erschleichen, was uns grad nicht gegeben ward. Gott liebt nicht die Gewalt, und als ich, ein Kind, mit der Faust nach dem Heiligen griff, zerschlug er den Arm mir am Leibe. Aber ich weiß, nicht minder mißachtet Gott den Betrug, und wer täuscht und wer trügt, dem versehrt er die Seele.«

Zacharias überlegte:

»Doch wenn der Schatzmeister sich selbst den unrechten wählt von den beiden?«

Benjamin blickte auf:

»Der Schatzmeister weiß, daß einer alt ist und einer der neue, und wenn er fragt nach dem echten und rechten, so müssen wir den wahren ihm geben. Aber wenn Gott es so fügt, daß jener weiter nicht fragt und einer ihm ist wie der andere, weil gleich an Gold und Gewicht, dann hätten wir, meine ich, kein Unrecht getan. Bestimmt er selbst und wählt er den deinen, dann ist uns ein Zeichen gegeben. Aber nicht unser sei die Entscheidung.«

So sandte Zacharias den Knecht in des Schatzmeisters Wohnung, und der Schatzmeister kam, ein behäbig heiterer Mann mit kleinen kugeligen Augen, die scharf und geübt hinter den rötlichen Bäckchen vorlugten. Kennerisch tastete er gleich in dem Vorraum zwei silbern getriebene Schalen an, die eben vollendet lagen, sorgsam klopfte er sie mit dem Finger ab und prüfte die zierliche Zeichnung. Neugierig hob er einen nach dem andern der geschnittenen Steine vom Werktisch und gegen das Licht; so verspielt und verliebt musterte er Stück um Stück, die fertigen wie die werdenden Werke des Goldschmieds, daß Zacharias ihn mahnen mußte, endlich die Leuchter zu beschauen, die still und golden nebeneinander standen auf dem Schautisch, der tausendjährige und der eben geschaffene, Urbild und Abbild.

Angespannt trat der Schatzmeister vor das Leuchterpaar. Man sah, daß es seine Kennerlust reizte, an einem winzigen Makel oder an verborgener Ungleichheit den neugebildeten von dem erbeuteten zu unterscheiden. Sorgsam wandte und drehte er einen nach dem andern nach allen Seiten, so daß immer von andern Flächen das Licht auf sie fiel. Er wog ihr Gewicht, er ritzte das Gold an: zurücktretend und wieder nahetretend verglich und verglich er mit gesteigerter Spannung ihr untadelig Ebenmaß. Schließlich beugte er sich, das Auge mit einem geschliffenen Kristall vergrößernder Art bewehrt, ganz nah über die feinen Ritzen und Rillen. Aber er konnte keinen Unterschied finden. Ermüdet ließ er vom vergeblichen Vergleichen und klopfte Zacharias auf die Schulter:

»Ein Meister bist du, Zacharias, und selbst ein Schatz für unser Schatzhaus. In alle Ewigkeit wird niemand mehr unterscheiden können, welcher der ältere ist und welcher der neue, so sicher werkt deine Hand. Vortrefflich, mein Lieber!«

Und schon wandte er sich lässig ab, um neuerdings die geschnittenen Steine zu betrachten und einen für sich selber zu wählen. So mußte Zacharias ihn mahnen.

»Also welchen der Leuchter begehrt Ihr?«

Gleichmütig und halb schon abgewandt antwortete der Schatzmeister:

»Welchen du magst! Mir bleibt es gleich.«

Da trat Benjamin aus dem Schatten, in dem er scheu und erregt sich verborgen:

»Herr, wir bitten dich: wähle du selbst einen von beiden als den deinen.«

Erstaunt blickte der Schatzmeister auf den fremden alten Mann. Was wollte dieser Wunderliche und warum sah er so flehend ihn an mit zuckenden, brennenden Blicken? Aber gutmütigen Sinnes, wie er war, und zu höflich, einem alten Mann einen Wunsch nicht zu gewähren, wandte er sich nochmals zurück. Spaßhaft gelaunt, nahm er eine kleine Münze und schnellte sie hoch in die Luft. Sie fiel und rollte kreiselnd auf den Boden, dreimal drehte und kehrte sie sich; dann blieb sie schließlich zu einer Linken liegen. Lächelnd deutete der Schatzmeister auf den Leuchter, der gleichfalls zur Linken stand: »Diesen also!« Dann ging er und die gerufenen Diener trugen den gewählten in die Schatzkammer hinüber. Dankbar und höflich begleitete der Goldschmied seinen Gönner bis an die Schwelle der Stube.

Benjamin war zurückgeblieben. Mit zitternder Hand rührte er den Leuchter an. Es war der echte, der heilige, und jener hatte für den Kaiser den andern gewählt.

Da Zacharias zurückkehrte, sah er Benjamin noch unbewegt vor dem Leuchter verharren und so brennend ihn anblicken, als zehre er mit diesem seinem Blick ihn ganz in sich hinein. Als endlich der alte Mann sich ihm entgegenwandte, schien der goldene Widerschein noch in seinen Augensternen zu glänzen: jene stille Ruhe war über den Geprüften gekommen, wie sie klarer Entschluß immer dem Herzen schenkt. Nur leise bat er:

»Gott gebe dir Dank, mein Bruder. Und nun beschaffe noch eines: einen Sarg.«

»Einen Sarg?«

»Nicht wundere dich. Auch dieses hab' ich bedacht und durchdacht in diesen sieben Tagen und Nächten, wie man den Leuchter zum Frieden brächte. Wie du habe erst ich vermeint: wenn wir die Menorah erretten, so soll sie dem Volke gehören, und sie sollen sie wahren als heiligstes Unterpfand. Aber unser Volk, wo ist es und wo seine Stätte? Gejagte sind wir überall noch und Geduldete, nirgends ist ein Ort uns gesichert, um den Leuchter würdig zu hüten. Wo uns ein Haus ist, werden wir verjagt, wo wir einen Tempel bauen, zerbrechen sie ihn; solange die Gewalt noch gilt über den Völkern, hat das Heilige nirgends Frieden auf Erden. Nur unter der Erde ist Friede. Dort ruhen die Toten mit waagrechtem Fuß von ihrem Wandern, dort glänzt keinem Räuber das Gold und reizt die Begierde. In Frieden ruhe er dort, der Heimgekehrte, von tausend Jahren des Wanderns.«

»Für ewig« – Zacharias staunte – »willst du den Leuchter begraben?«

»Wann wäre dem Menschen gegeben, Ewigkeit nur zu erdenken? Wie könnte ich Frist setzen einem Dinge und weiß meine eigene nicht? Zur Ruhe will ich den Leuchter bringen, doch wie lange er ruht, wer weiß es denn Gott? Die Tat kann ich tun, doch was ihr entwächst, wie soll ich es messen, wie rechnen die Zeit und die Ewigkeit? Gott soll entscheiden, nur er und nur er des Leuchters Geschick. Ich grabe ihn ein, nicht anders weiß ich ihn wahrhaft zu hüten, doch für wie lange, wer sagt das aus! Vielleicht läßt Gott ihn ewig im Dunkel, und ungetröstet muß unser Volk wandern, zerstäubt und zersprengt auf dem Rücken der Erde. Doch vielleicht – und mein Herz ist voll dieser Zuversicht –, vielleicht wird sein Wille es wollen, daß unser Volk heimkehre zur Heimat. Dann wird er – vertraue nur! – einen zu wählen wissen, der im Zufall den Spaten faßt, und das Grab des Vergrabenen findet, wie Gott mich gefunden, auf das ich den Ruhlosen berge. Nicht sorge dich um die Entscheidung, laß sie ihm und der Zeit! Möge er für verloren gelten, der Leuchter, und wir, die wir Gottes Geheimnis sind – wir sind nicht verloren! Denn nicht wie der irdische Leib vergeht das Gold im Schoße der Erde und nicht unser Volk im Dunkel der Zeit. Dauern wird eines, dauern das andere, das Volk und der Leuchter! So laß es uns glauben, daß er aufersteht, den wir begraben, und einstmals neu leuchtet dem Volke, dem heimgekehrten. Denn nur wenn wir nicht ablassen zu glauben, bestehen wir die Welt.«

Beide blickten sie voneinander weg, beide weit in die Ferne.

Dann wiederholte Benjamin noch einmal:

»Und nun schaff mir den Sarg.«

Der Schreiner brachte den Sarg. Es war ein Sarg gewöhnlicher Art, und so hatte Benjamin ihn erbeten, damit, wenn er ihn mit sich führte in der Väter Land, nicht besondere Neugier sich rege. Oftmals brachten ja die Frommen Särge mit sich auf die Pilgerschaft, um Väter und Sippen in der heiligen Erde zu betten; ungefährdet konnte in solchem fichtenen Sarg der Leuchter geborgen werden, denn von allen Dingen der Welt entgeht nur das Gestorbene der Menschen Begier.

Ehrfürchtig betteten die beiden die Menorah in den Totenschrein. Mit seidenen Tüchern und schweren Brokaten, wie man die Thora umhüllt, Gottes eigenes Kind, umwanden sie sorglich seine goldenen Arme, und sie füllten die Leere des Raums mit Werg und weicher Wolle, damit im Tragen das Metall nicht klingend anschlage gegen das Holz und das Geheimnis verrate. Sachter und bebender Hand betteten sie so die Menorah in den Sarg, die Wiege der Toten, und sie wußten beide und schauerten: vielleicht, wenn Gott nicht gnädig wendete des Volkes Geschick, würden sie beide in alle Ewigkeit die letzten bleiben, die den Leuchter Mosis, den heiligen Leuchter des Tempels, mit ihren Händen berührt und ehrfürchtigen Auges erschaut. Ehe sie aber den Sarg verschlossen, holten sie noch ein beständiges Pergament und schrieben darauf und bezeugten, daß sie beide, Benjamin Marnefesch, genannt der bitter Geprüfte, aus Abthalions Geschlecht, und Zacharias aus Hillels Geblüt im achten Jahre der Herrschaft Justinians zu Byzanz die heilige Menorah mit eigener Hand in diesen Sarg getan, damit, wenn einer einstmals im Heiligen Lande diesen Leuchter ausgrabe, bekundet wäre, daß dieser der wahre des Volkes sei. Die pergamentene Rolle wickelten sie in eine bleierne Hülse, und diese Hülse wiederum verlötete Zacharias, der Goldschmied, genauester Art, auf daß nicht Feuchte und Moder jemals die Schrift zerstöre; mit goldener Kette heftete er sie an des Leuchters Stamm derart, daß zugleich mit dem Gerät das Zeugnis gefunden werde. Dies vollbracht, schlossen sie den Sarg mit Nägeln und Spangen. Kein Wort mehr aber ward zwischen ihnen beiden gesprochen, bis die Knechte den Sarg zu Benjamin brachten, auf das Schiff, das gegen Joppe fuhr. Dort erst – schon prasselte das aufgezogene Segel im Wind – nahm Zacharias Abschied und küßte den Freund:

»Gott segne und behüte dich. Er führe deinen Weg und segne dein Vollbringen. Die letzten, die einzigen waren bis zu dieser Stunde wir beide, die wußten um den Weg des Leuchters. Von nun an kennst nur du ihn allein.«

Benjamin beugte sich fromm:

»Auch meinem Wissen ist nur eine kurze Frist noch gegeben. Dann weiß nur mehr Gott, wo seine Menorah ruht.«

Wie immer sammelte sich, wenn ein Schiff in Joppe anlegte, eine große Menge von Neugierigen am Strande, um die Landenden von nah zu betrachten und zu begrüßen. Auch einige Juden waren darunter, und kaum erkannten sie, daß jener alte weißbärtige Mann einer der Ihren war, und als sie sahen, daß hinter ihm die Schiffsknechte einen Sarg hertrugen, traten sie alle zusammen und folgten in schweigendem Einverständnis dem Sarg in feierlichem Zuge. Denn als milde und gottgefällige Tat gilt es jüdischem Glauben, einen jeden Toten ein Stück seines letzten Weges zu begleiten und auch bei eines Fremden und Unbekannten Bestattung frommer Helfer zu sein. Kein Jude von Joppe, sobald er die Nachricht vernahm von dem Sarge, den einer von ihnen gebracht über das Meer, entzog sich der heiligen Pflicht. Aus allen Gassen und Häusern drängten sie, Werk und Arbeit verlassend, schweigsam heran, und mit immer wachsendem Geleite ward der Sarg bis zum Rasthaus getragen, wo Benjamin Nächtigung suchte. Dort erst, nachdem der Sarg neben seine Lagerstatt gestellt war, denn dies forderte sonderbarerweise der Greis –, brachen sie das Schweigen. Sie grüßten den Genossen ihres Glaubens mit dem Gruße des Segens und fragten ihn, von wannen er komme und wohin sein Weg ihn führe. Benjamin antwortete karg. Er fürchtete sehr, daß schon Nachricht von Byzanz zu jenen gedrungen sein könnte und einer ihn erkennte. Und nicht noch einmal wollte er ungestüme Erwartung unter den Brüdern entfachen. Doch auch Unwahrheit wollte er meiden im Schatten des Leuchters: so bat er sie, Schweigen bewahren zu dürden. Auftrag sei ihm geworden, diesen Sarg zu bestatten, und nicht mehr ihm zu sagen erlaubt. Sorgsam entwich er der weiter fragenden Neugier, indem er selber nun fragte, wo hier heilige Stätten wären, um den Sarg in die Erde zu senken. Da lächelten die Juden von Joppe mit stillem Stolz: heilig sei in diesem Lande jedwede Stätte und allorts die Erde schon selbstens geweihte Erde. Aber dann nannten und bezeichneten sie ihm alle die Orte, wo in ihren Höhlen oder im flachen Feld, gekennzeichnet nur durch gehäufte, unbehauene Steine, in ihren Gräbern die Urväter und Erzväter, die Mütter des Stamms, die Helden und Könige des Volkes ruhten, und sie rühmten die wirkende Kraft dieser heiligen Stätten. Kein Frommer versäume, sie zu besuchen, um Tröstung von ihnen zu empfangen. Dienstwillig – denn ein Ehrfurchtgebietendes ging von diesem Uralten aus und ihre Seelen ahnten Geheimnis – erboten sie sich, ihn dahin zu führen und, sofern er es erlaube, vereint mit ihm im Gebet den unbekannten Toten zur Ruhe zu senken. Aber Benjamin lehnte um des Geheimnisses willen ihre Bereitschaft ab und entließ sie mit vielem Dank. Nur den Wirt des Rasthauses bat er, gegen gute Löhnung ihm morgens einen Knecht beizustellen, wegkundig und kräftig genug, um ein Grab an gebotener Stätte zu schaufeln, sowie ein Maultier zur Tragung des Sargs. Der Wirt versprach es: mit Sonnenaufgang würde sein eigener Knecht bereit sein und ihn geleiten, wohin er begehre.

Diese Nacht im Rasthause zu Joppe ward die letzte des schmerzlichen Fragens und der heiligen Qual im Leben Benjamins, des Geprüften. Noch einmal wich die Sicherheit von seiner Seele, noch einmal lastete schmerzhaft und schwer die Entschließung auf ihm. Noch einmal fragte und fragte er sich, ob er wirklich im Rechte sei, dem Volk die Heimkehr und Rettung des Leuchters zu verschweigen und vorzuenthalten seinen Brüdern, welch Heiligtum er eingrübe in dies fremde Grab. Denn wenn schon vom toten Gebein, von der Urväter und Erzväter Gräber so mächtige Tröstung ausging für die Betrübten, wie beglückt erst müßte es sein, dies gejagte, getretene und in alle Winde verlorene Volk, wäre ihm nur leiseste Ahnung gelassen, daß der ewige Leuchter, dies sichtbarste Wahrzeichen seiner Einigkeit, nicht verloren sei, sondern gerettet und gesichert warte in heimischer Erde auf den Tag der endlichen Wiederkehr. »Wie darf ich die Hoffnung ihnen versagen«, stöhnte der Schlummerlose, »wie das Geheimnis für mich behalten allein, wie nehmen mit in den Tod, was Tausenden Hoffnung schenkte und Freude? Ich weiß, wie sie dürsten der Tröstung: furchtbar Geschick eines Volks, immer nur warten zu sollen auf das Dereinst und Vielleicht, immer nur stumm zu vertraun auf geschriebene Schrift und nie ein Zeichen zu fassen! Und doch, nur wenn ich schweige, bleibt der Leuchter dem Volke bewahrt! Herr, hilf meiner Not: wie tue ich recht, wie tue ich unrecht an ihnen, den Brüdern? Darf ich den Diener, den mir jener versprochen, vom Grabe rücksenden mit der tröstenden Kunde, hier ruhe ein heiliges Unterpfand? Oder soll ich stumm verharren, daß keiner des Grabes Stätte kenne denn du? Herr, entscheide für mich! Schon einmal hast du ein Zeichen gegeben! Nun gib mir ein zweites: Herr, nimm die Entschließung von mir!«

Aber stumm blieb die Nacht und feindselig mied der

Schlaf den Geprüften. Brennenden Augs lag er wach bis in den erwachenden Tag, fragend und fragend und mit jeder Frage tiefer verstrickt in das würgende Netz der Angst und Beschwerde. Und schon klärte der Osten sich und noch immer war des alten Mannes Seele nicht klar; da trat mit bekümmertem Blick der Wirt des Rasthauses in die Kammer: »Verzeih, aber ich kann den wegkundigen Knecht nicht mit dir senden, wie ich gestern versprach. Hinfällig ist er plötzlich geworden des Nachts. Schaum sprang ihm zuckend vom Munde, und nun liegt er im fahrenden Fieber. Nur den andern der Knechte kann ich dir geben. Freilich, fremd ist ihm das Land und ein Stummer ist er dazu; seit seiner Geburt verschloß Gott ihm den Mund. Willst du aber vorliebnehmen mit ihm, so send' ich den Stummen dir gern.«

Benjamin blickte den Wirt nicht an. Er blickte nur dankbar nach oben. Antwort war ihm geworden. Ein Stummer war ihm gesandt zum Zeichen des Schweigens. Einer, der unkund war des Lands, damit ewig Geheimnis bleibe die Stätte. Nicht länger schwankte ihm mehr die Seele, und dankbar erwiderte er:

»Sende den Stummen. Und sorge dich nicht. Ich kenne selbst meinen Weg.«

Von morgens bis abends zog Benjamin mit seinem stummen Begleiter durch das leere Land. Hinter ihnen trottete, den Sarg quer über den Rücken gebunden, still und geduldig das Maultier. Manchmal kamen sie an Hütten vorbei, die arm und verstaubt am Wege standen, aber Benjamin hielt in keiner Rast. Und wenn ihnen Wandernde begegneten, grüßte er sie nur mit dem Gruß des Friedens und mied jede Zwiesprach: ihn drängte es schon, das gebotene Werk zu vollenden und den Leuchter zu Grabe zu tun. Noch wußte er den Ort nicht und die Stelle, und eine Scheu, dunkel und geheimnisvoll, verbot ihm die eigene Wahl. »Zweimal ward mir«, dachte er fromm, »ein Zeichen gegeben. Ich will das dritte erwarten.« So zogen sie selbander durch das mählich dunkelnde Land, und über den Hügeln erhob sich mit schwarzen Schwingen die Nacht. Von schweren Wolken blieb der Himmel verhangen, unruhvoll gingen sie hin und wider und deckten den Mond, der längst schon – man spürte es an seinem leisen Schimmer über den Gipfeln – im Scheitel der Höhe stand. Eine Stunde mochte es noch sein oder zwei bis zu dem nächsten Ort, der Nächtigung bot. Aber mit guter Kraft schritt Benjamin dahin und neben ihm als schweigsamer Schatten der Stumme, die Schaufel geschultert, und hinter beiden mit ebenmäßig geduldigem Trott das Maultier.

Plötzlich stockte es und blieb stehen. Der Diener faßte den Maulesel am Zügel, um ihn weiterzuzerren. Doch bockig die Vorderbeine gegen den Boden gestemmt, stieß das Tier ihn zurück und schnappte bös mit den Zähnen. Es wollte nicht weiter. Zornig riß der Stumme die Schaufel von der Schulter, um mit dem hölzernen Stiel das störrische Tier in die Flanke zu stoßen, da fiel Benjamin ihm in den Arm. Er solle warten, gebot er, und in Frieden lassen das Tier. Vielleicht war dies Stokken ein Wink und das Zeichen.

Benjamin blickte um sich. Hüglig lag das dunkle Land und verlassen, kein Haus war nah und keine Hütte. Abseits mußten sie geraten sein von der Straße nach Jeruscholajim, und Benjamin überlegte: ja, ein rechter Ort war dies, unbelauscht konnte das Werk hier getan sein. Er prüfte die Erde mit dem Stecken: fett war sie und fest und ohne Gestein. Rasch war ein Grab hier zu graben, und die Hügel ringsum boten Schutz vor dem wandernden Sand, der sonst leicht die Spuren verwehte. Nun galt es nur mehr, die gebotene Stelle zu finden. Ungewiß blickte er lange zur Rechten, zur Linken in letzter Wahl.

Aber da gewahrte er zur Rechten, etwa drei Steinwürfe weit oder vier von dem Wege, im leeren Gelände einen schattenden Baum, sonderbar ähnlich in Wuchs und Gestalt jenem andern auf dem Hügel von Pera, unter dem er geruht und wo ihn die Botschaft zur Bergung des Leuchters erreicht. Er erinnerte sich seines Traums, und sicher ward ihm das Herz. Sofort gebot er dem Stummen, den Sarg abzubinden vom Rücken des Tragtiers, und siehe, kaum war dies getan, so lockerte der Maulesel schon die gesperrten Glieder, drängte an ihn heran, und er fühlte den warmen Hauch der Nüstern an seiner Hand. Es war die richtige Stelle, immer gewisser wußte er es nun, und er wies sie dem Knecht, der emsig die Arbeit begann. Silbrig klang der Spaten, gehorsam und frisch schaufelte der Stumme die stumme Erde. Bald war die Tiefe erreicht. Nun blieb noch das Letzte: den Leuchter in sie zu senken. Langsam hob mit seinen breiten Armen der ahnungslose Knecht die Last, vorsichtig glitt der Sarg hinab und lag endlich ausgestreckt zum ewigen Schlafe, hütend den kostbar goldenen Kern in der hölzernen Schale, den bald die atmende, grünende, sprossende, ewig lebendige Hülle der Erde bedecken sollte.

Voll Ehrfurcht beugte sich Benjamin nieder: »Der Zeuge bin ich, der letzte«, dachte er und erschauerte abermals unter des Gedankens lastender Gewalt, »keiner auf Erden denn ich kennt nunmehr das Geheimnis unseres Leuchters. Keiner denn ich weiß sein Grab und ahnt die verborgene Stätte.« Jedoch in diesem Augenblicke entschleierte sich mit einmal der verhangene Mond. Die Wolken, die seit Abend seinen Schein verhielten, wichen ein wenig zur Seite, Helligkeit brach nieder als ein starker Strahl, und es war, als blickte aus der Mitte des Himmels zwischen dunklen Lidern ein riesiges weißes Auge herab. Nicht wie ein irdisches Auge war es, beschattet und bewimpert, weich und vergänglich, sondern ein

Auge, rund und hart wie aus Eis, ewig und unzerstörbar. Bis in die Tiefe des offenen Grabs starrte und strahlte es hinein, sichtbar wurden die vier geschnittenen Kanten der Höhlung, und die fichtene Glätte des Sarges glänzte im weißflutenden Licht wie blankes Metall. Nur ein einziger Augenblick war es, ein einziger Blick von unermeßlicher Ferne herab; dann verhüllten neuerdings die Wolken den wandernden Mond. Aber Benjamin wußte: ein anderes Auge als das seine hatte des Leuchters Stätte erschaut.

Auf seinen Wink schaufelte der Knecht nun die Schollen nieder, und sobald die Arbeit geendet war und flach wieder die Erde über dem geschlossenen Grab, gebot Benjamin dem Knechte, heimzukehren und das lastlose Maultier mit sich zu nehmen. Der Stumme machte verzweifelte Zeichen mit den Händen. Er wollte dartun, nicht allein dürfe der alte Mann hier im Fremden und Finstern bleiben, es drohe Gefahr von Räubern und wildem Getier. Wenigstens bis zur nächsten Raststätte wolle er den gütigen Herrn begleiten. Aber entschlossen und ungeduldig befahl der Greis dem Stummen, genau sein Gebot zu befolgen, und trieb den Zögernden scheltend davon. Er konnte es nicht erwarten, bis Mann und Tier endlich verschwunden waren hinter der Wende des Weges und er allein blieb unter dem Himmel, dem maßlos leeren, und mitten im Unfaßbaren der riesigen Nacht.

Einmal trat er noch hin an das Grab und sprach gebeugten Hauptes das Totengebet: »Groß ist der Name und heilig der Name der Ewigkeit auf dieser Welt und in den andern Welten und auch in den Tagen der Auferstehung.« Zwar verlangte es ihn sehr, frommen Brauchs einen Stein zu legen oder sonst ein Zeichen auf die geschüttete Erde. Aber er bezwang sich um des Geheimnisses willen, und ohne nochmals sich umzuwenden, ging er weiter ins Leere, er fragte sich nicht, wohin. Er hatte kein Ziel, seit er den Leuchter zur Ruhe gebracht. Alle Angst war von ihm gefallen und seine Seele bangte nicht mehr. Er hatte getan, was ihm zu tun gesetzt war. Nun lag es bei Gott, ob der Leuchter im Verborgenen bleiben sollte bis ans Ende der Tage und das Volk weiter zerstreut über die Erde, oder ob er endlich heimführen wollte das Volk und auferstehen lassen den Leuchter aus seinem unbekannten Grab.

Der alte Mann ging hin durch die Nacht, die dunkel mit Wolken spielte und halb schon wieder in Sternen erglänzte, froh und froher ward ihm bei jedem Schritte der Schritt. Zauberisch fiel sie ab, die Last und Schwere der vielen gelebten Jahre, und von innen heraus hob eine Leichte an in seinen Gliedern, dergleichen er niemals gekannt. Wie von weichem und warmem Öl gelockert, gehorchten ihm plötzlich die alten, die greisen Gelenke, wie über Wasser schritt er dahin, flügelnd und frei. Schweben ward ihm das Gehn, aufwärts hob sich das Haupt, aufwärts hob sich, gleich angeschwungen von unfühlbarem Wind, die eine Hand, und schon ward ihm – oder träumte er dies nur im Wachen? –, als könnte er zum erstenmal die zerschlagene wieder heben und regen. Hell und heller fühlte er innen das Blut, und wie gärender Saft im Stamm, so stieg es jetzt klingend empor, schon pochte es hell an die Schläfen und mit einmal hörte er großen Gesang. Nicht wußte er mehr, ob es die Toten waren unter der Erde, die da brüderlichen Chores sangen, ihn, den Heimgekehrten, zu grüßen, oder ob dies warme Brausen herab von den Sternen kam, die immer heftiger glänzten. Er wußte es nicht. Er ging nur und ging, wie von Flügeln getragen, weiter hinein und hinein in die rauschende Nacht.

Am nächsten Morgen fanden Kaufleute, die zum Markt nach Ramleh gezogen waren, auf einem Felde unweit vom Fahrwege einen alten Mann. Er war tot. Unbedeckten Haupts lag der Unbekannte auf dem Rücken. Die Arme hielt er, als wolle er ein Unendliches umfassen, weit von sich gebreitet, offen und mit gespreiteten Fingern spannten sich die Handflächen wie die eines, der großes Geschenk empfangen soll. Hell standen in dem friedlich verklärten Gesicht des selig Ruhenden die Augen aufgetan. Und als einer der Kaufleute sich beugte, sie fromm dem Toten zu verschließen, sah er, daß sie voll Lichtes waren und daß in ihren runden ruhenden Sternen der ganze Himmel sich spiegelte.

Streng aber stand unter dem Barte die Lippe des Fremden verschlossen: es war, als hielte er, noch über den eigenen Tod, zwischen den Zähnen ein Geheimnis fest.

Auch der unechte Leuchter ward wenige Wochen später in das Heilige Land gebracht und gemäß Justinians Gebot in der Kirche zu Jeruscholajim aufgestellt unterhalb des Altars. Aber nicht lange war dort seines Bleibens. Denn die Perser brachen ein und zerschlugen und zerstückten ihn, um Spangen daraus zu formen für ihre Frauen und eine Kette für ihren König: wie immer Menschenwerk vergeht an der zehrenden Zeit und dem zerstörenden Sinne des Menschen, so ging auch dies Zeichen dahin, das jener Goldschmied nachahmend gefertigt, und für immer verloren blieb seine Spur.

Geborgen aber durch Geheimnis, wartet und wacht noch immer der ewige Leuchter, unerkannt und unversehrt, in seinem heimatlichen Grabe. Über ihn rauschten unbändig die Zeiten, Völker um Völker umstritten in Hunderten Jahren sein Land, fremde Geschlechter, andere und abermals andere, kriegten ob seinem Schlafe: ihn aber konnte kein Raub erraffen, keine Gier zerstören. Manchmal schreitet heute ein eilender Fuß über die schirmenden Schollen, manchmal rasten im Mittagsbrand Schlummernde am Wegrand, nah seinem Schlummer, aber keine Ahnung weiß um seine Nähe und keine Neugier griff noch hinab in seine Tiefe. Wie immer Gottes Geheimnis, ruht er im Dunkel der Gezeiten, und niemand weiß: wird er ewig so ruhen, verborgen und seinem Volke verloren, das noch immer friedlos umherwandert von Fremde zu Fremde, oder wird endlich einer ihn finden an dem Tag, da sein Volk sich wieder findet, und er abermals dem befriedeten leuchten im Tempel des Friedens.

Stefan Zweig
Gesammelte Werke in Einzelbänden
Herausgegeben von Knut Beck

Der Amokläufer
Erzählungen

Auf Reisen
Feuilletons und Berichte

Balzac

Begegnungen mit Büchern
Aufsätze und Einleitungen aus den Jahren 1902 – 1939

Ben Jonson's ›Volpone‹
und andere Nachdichtungen und Übertragungen für das Theater

Brasilien
Ein Land der Zukunft

Brennendes Geheimnis
Erzählungen

Buchmendel
Erzählungen

Castellio gegen Calvin
oder Ein Gewissen gegen die Gewalt

Clarissa
Ein Romanentwurf

Drei Dichter ihres Lebens
Casanova · Stendhal · Tolstoi

Drei Meister
Balzac · Dickens · Dostojewski

Emile Verhaeren

Das Geheimnis des künstlerischen Schaffens
Essays

Die Heilung durch den Geist
Mesmer · Mary Baker-Eddy · Freud

Joseph Fouché
Bildnis eines politischen Menschen

Der Kampf mit dem Dämon
Hölderlin · Kleist · Nietzsche

Das Lamm des Armen
Dramen

S. Fischer

fi 555 016 / 3 / a

Stefan Zweig
Gesammelte Werke in Einzelbänden

Herausgegeben von Knut Beck

Magellan
Der Mann und seine Tat

Maria Stuart

Marie Antoinette
Bildnis eines mittleren Charakters

Phantastische Nacht
Erzählungen

Rahel rechtet mit Gott
Legenden

Rausch der Verwandlung
Roman aus dem Nachlass

Rhythmen
Nachdichtungen ausgewählter Lyrik von Emile Verhaeren, Charles Baudelaire und Paul Verlaine

Romain Rolland

Die schlaflose Welt
Aufsätze und Vorträge aus den Jahren 1909 – 1941

Silberne Saiten
Gedichte

Sternstunden der Menschheit
Vierzehn historische Miniaturen

Tagebücher

Tersites · Jeremias
Zwei Dramen

Triumph und Tragik des Erasmus von Rotterdam

Ungeduld des Herzens
Roman

Verwirrung der Gefühle
Erzählungen

Die Welt von Gestern
Erinnerungen eines Europäers

Zeiten und Schicksale
Aufsätze und Vorträge aus den Jahren 1902 – 1942

S. Fischer

fi 555 016 / 3 / b

Stefan Zweig

Amerigo
Die Geschichte eines historischen Irrtums
Band 9241

Balzac
Band 2183

Castellio gegen Calvin oder Ein Gewissen gegen die Gewalt
Band 2295

Drei Meister
Balzac, Dickens, Dostojewski
Band 12278

Europäisches Erbe
Band 2284

Joseph Fouché
Bildnis eines politischen Menschen
Band 1915

Magellan
Der Mann und seine Tat
Band 5356

Maria Stuart
Band 1714

Marie Antoinette
Bildnis eines mittleren Charakters
Band 2220

Montaigne
Band 12726

Die schlaflose Welt
Aufsätze und Vorträge aus den Jahren 1909-1941
Band 9243

Triumph und Tragik des Erasmus von Rotterdam
Band 2279

Die Welt von Gestern
Erinnerungen eines Europäers
Band 1152

Fischer Taschenbuch Verlag

fi 555 016 / 5 / c

Stefan Zweig

Der Amokläufer
Erzählungen
Band 9239

Angst
Novelle
Band 10494

Auf Reisen
Feuilletons
und Berichte
Band 16012

**Begegnungen
mit Büchern**
Band 2292

**Brennendes
Geheimnis**
Erzählung
Band 9311

**Brief einer
Unbekannten**
Erzählung
Band 13024

Clarissa
Ein Roman-
entwurf
Band 11150

**Geschichte eines
Untergangs**
Band 11867

Meisternovellen
Band 14991

**Phantastische
Nacht**
Erzählungen
Band 5703

**Rausch der
Verwandlung**
Roman aus
dem Nachlaß
Band 5874

Schachnovelle
Band 1522

**Sternstunden
der Menschheit**
Band 595

**Ungeduld
des Herzens**
Roman
Band 1679

**Verwirrung
der Gefühle**
Erzählungen
Band 5790

Fischer Taschenbuch Verlag

fi 555 016 / 6 / d

Stefan Zweig
Sternstunden der Menschheit
Vierzehn historische Miniaturen
Band 90196

Manchmal ist die Geschichte selbst spannender als jedes Drama und lebendiger als jeder Roman. Stefan Zweig versammelt in diesen historischen Miniaturen vierzehn große, schicksalhafte Augenblicke in der Geschichte der Menschheit: von der Schlacht bei Waterloo über die Entstehung von Goethes berühmter Marienbader Elegie bis hin zur tragischen Südpolexpedition von Sir Robert Falcon Scott. Dabei zeigt sich: Es sind oft gerade die kurzen, vom Zufall bestimmten Augenblicke, die prägend für die Zukunft sind.

Fischer Taschenbuch Verlag

fi 90196 / 1